U0714134

谢持日记未刊稿

第六册

◎谢持 著

广西师范大学出版社
GUANGXI NORMAL UNIVERSITY PRESS
·桂林·

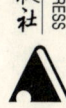

目录

二月一日（戊辰正月初十日辛未）水曜日（即星期三）

民國十七年 國民日記

提要

雜載李芳宸景林劍術如神龍矯夭惜當日未能往觀之
張岱岑張永寬摘文立來見文立言貴州黨事可歎也
顧丞來述往事之屈抑思有以自效於黨

社會記事

氣候 晴

溫度 高四八·七 低二七·五

不以所長者病人不以所能者傲人（趙誡）

提要

不入致柔拳社學拳四月餘矣今日備費續學拳有誤者而劍之誤尤甚凡學不可一日無師

介石無一字來而鐸民亦似交到了事郤之有重禍之虞 伯農言吏之 於余心有不安非傷廉也介石曾託錫卿致意慨歎然之意於我而今餽金其一時餽者我與子超溥泉三人故非不可受所不安者政治關係立於相對也至今日將金交通易公司存之

余蘊南續婚往賀之飲酒遂訪林君墨閣四川教育事業窳敗之狀又及川邊失地喪情不安

晚可亭春宴赴之數年來多飲之始

社會記事

（氣候）晴

（溫度）最高四〇〇 最低二六八

二月二日（戊辰正月十一日壬申）木曜日（即星期四）

二月三日（戊辰正月十二日癸酉） 金曜日（即星期五）

氣候 会

（溫度） 高四七、三 低二七、八

社會記事

提要

叅寂訪覺生江南晚報館不遇已還鄉也晤山田純三郎

午後童斗泉徐可亭来 李季谷来為述我道香草師之

次女壻謝文光而託我詢停文光与邱志雲事

宋虞琪約飯赴之 為鄭矩方成王伯羣

一群之利益即個人最大之利益（儀士謝）

提要

大女來書 一月七日即臘月十五日成都

社會記事

（氣候）朝日会

（溫度）高四五.五 低二六.〇

夲後中衣漬汗當寒氣略久遂附體冷然覆外衣逾二十分鐘
串至愛多亞路始回暖受病之道也
大女詳舉其去年生日友人治酒為祝情形以慰吾夫婦吾知其
提筆時之心碎矣大女又困心其妹介眉諄諄以學成職業為囑
訪鄧帆聆邱志雲
報詳載南京所謂本黨第四次全體會議出席人名計執行委員二十
三人內中有陳樹人等九人係候補委員於全體委員會開議時決
議遞補是九人本身加入表決之列可謂奇矣若依法減去此
候補者九人是開會与第一次開議出席執行委員僅十又四人不
足法定數也 遞補若陳樹人白雲梯周啟剛黃實王樂平陳嘉佑朱霽青丁超五何應欽褚民誼十人而陳嘉佑在湖南作戰朱劉會

二月四日（戊辰正月十三日甲戌） 土曜日（即星期六）

二月五日（戊辰正月十四日乙亥）（立春）

日曜日（即星期日）

氣候：微雨竟日

溫度：最高 四五五　最低 三九八

提要

社會記事

昨夜遲眠今晨八時起練拳閱報而日已午矣三女偕萃祖姪自南京還五女偕朱九姐自學校還不期而集洵足樂也

一著失機著著皆失（康德）

不能服從規則不能自由（加來附）

提要

得漢群函十二月廿五日重慶 得葉獨醒函廣州一月二十日 得陳天民函重慶 得伯琅函一月十三日三台

漢群將游成都 獨醒將約戴金華赴菲律濱 陳天民及伯琅皆有來游海上之意

勁山還自南京 斗寅來與言責任之別

張岱岑鄧榮忠來以黨中同志宜從團結精神上着想乃能為黨盡力勗之

周道生羅冕來 道生十餘年不見今昭有無窮之感辛亥奔走滇萬關九死一生同謀舉義民國成立乃以所近差池而日以疏遠政治萬惡可勝歎歟談卒約踰三時也

社會記事

（氣候）陰 微雨

（溫度）寒

二月六日（戊辰正月十五日丙子）

月曜日（即星期一）

民國十七年 國民日記

二月七日(戊辰正月十六日丁丑) 火曜日(即星期二)

(氣候) 陰微雪微日

(溫度) 寒 最高三二〇 最低二七三

提要

社會記事

今日練推手至八百合微有進境但汗校社友為多

午後偕勃山赴笑舞臺聽崑曲

勃山斗高因事之漢口夜登舟而西送之并晤諶華堂

晤易寅村介紹川中青年十人投考勞動大學勞農學院

遭必不能免之禍當泰然自若不可擾亂其心（佛蘭克令）

二月八日（戊辰正月十七日戊寅） 水曜日（即星期三）

提要

社會記事

（氣候）小姓 陰

（溫度）寒 最高三七．二 最低二三．○

李守誠介紹陳承謨来見梁鏡湖来見．
劉輔卿来屬為函介吳縣人袁斌於詠裳我不識袁斌而輔卿謂
其富於情誼時助輔卿以輔卿之故遂寫薦劄
晚共發公司經理人黃楚九開明電影公司董事會查詢十五
十六兩年該公司營業情形

大禹惜寸陰　衆人當惜分陰　(陶侃)

二月九日（戊辰正月十八日己卯）木曜日（即星期四）

（氣候）陰　夜雨　九時后

（溫度）最高 四〇.二　最低 二八.〇

提要

社會記事

季陸自川来相見怡然季陸道其回川後清黨工作亦云險矣

桂從甚与吳女士結婚往賀

佩蔽率其女三人於昨日来上海今日見之精神頗健然其禦匪之辛勞極矣

錫鄉日消瘦其肋病可慮也錫亦自覺問我我以未瘦慰之

欲善貫聞之道者必先平好惡（李光地）

二月十日（戊辰正月十九日庚辰） 金曜日（即星期五）

民國十七年 國民日記

提要

推手踪千合兩膝略疲

社會記事

報載梯雲本月八日在星嘉坡遇刺未中中林文慶微傷以愚度之梯雲為人當無宿怨其惟指摘本黨中央全體會議之所謂第四次者乎凶人既得必能水落石出也

氣候 雨

溫度 四三五 三六五

二月十一日（戊辰正月二十日辛巳） 土曜日（即星期六） 民國十七年國民日記

無自由則國家不能存　無德行則自由不能存　（盧騷）

提要

社會記事

氣候　日溫度

陰　微雪

約佩嚴父子午飯相見不易見則極歡我今日飲酒不少然亦不醉

佩嚴言公司事可謂弊矣似非香草師所見有相左者

錫炳從生來　寄大女書　得孝初及雪利生函

孟蘭之女希哲自北京來欲轉入南京中山大學我逕為代張君謀

報載刺梯雲者係粵人自承為共產黨欲殺梯雲漢民哲生

禮義廉恥國之四維　（管仲）　北京宣布共和南北統一紀念日

二月十二日（戊辰正月二十一日壬午）

日曜日（即星期日）

民國十七年　國民日記

提要

社會記事

氣候［　］（溫度）

二月十三日（戊辰正月二十二日癸未）　月曜日（即星期一）

強甚而不已則折弱甚而不已則屈（蘇洵）

提要

社會記事

（氣候｜溫度）

二月十四日（戊辰正月二十三日甲申）火曜日（即星期二）

民國十七年國民日記

昔之所爲夜必思之有善則樂有過則懼（李邦獻）

提要

路遇戴立夫立夫患糖尿詢我治法

尹子勤再約飲應之

社會記事

氣候　小雪

溫度　微寒　高四四六　低二九六

凡事祇可罪己不可尤人（蔡世遠）

二月十五日（戊辰正月二十四日乙酉） 水曜日（即星期三）

民國十七年
國民日記

提要

社會記事

（氣候）（溫度）

晴

高 四九、八

低 三三、〇

二月十六日（戊辰正月二十五日丙戌）

木曜日（即星期四）

民国十七年国民日记

忠信笃敬是一生做人根本（张履祥）

提要

社会记事

气候｜温度

二月十九日（戊辰正月二十八日己丑）
日曜日（即星期日）

提要

計合記事

（氣候）晴（溫度）

徠奉後遂赴極司非而路晤俶嚴季洲延家已晌午　淮南鹽務緝私
營官兵明目張膽自運私鹽真黨之詬擬促國民政府懲飭之

奢侈者衰弱國民之大原因也（巴克車）

勤與儉治生之道也（朱用純）

提要

社會記事

（候氣）（溫度）

会

午後三時偕錫卿赴趙鐵橋家如約也而錦帆最遲至是日略譚各錫卿錦帆鐵橋及我為四人泯去前嫌自今團結一致以圖革命成功國事鄉事皆基於黨此四人譚論之結果也欣然而散儻無中變或受讒人之閒則必能終始而事莫不成還已九時後

二月二十日（戊辰正月二十九日庚寅）（雨水）月曜日（即星期一）

民國十七年
昭和三年

人爲外物所動者只是淺（程顥）

二月二十一日（戊辰二月初一日辛卯）　火曜日（即星期二）

氣候（溫度）　晴

社會記事

提要

得大女暨兒婦雯瑜函

泰和公司開董事會下午二時赴之　晚李季訥告欲還滬可爭商棉花漲價增售事過史麟川談家十時矣

大女經營織襪廠去年竟爾折閱　大女決意為我收劉安欽債務四切已還成都度陰曆歲

田兒到富順城居日用預算每月平均百圓粗可足用則我還鄉亦易生活矣　雯瑜委婉其詞述其夫進妻婉如之經過婉如求去則我無足縈焉已雖然忘先孩子陷於無母吾長之耽耽於心者甚乎我也

道吾過者是吾師諛吾好者是吾賊（白秋齋）

二月二十二日（戊辰二月初二日壬辰）

水曜日（即星期三）

民國十七年陽曆日記

提要

得錢西樵復函熙武之姪張鍾玥實犯共產嫌疑遂復曾憲武

社會記事

（氣候）（溫度）

姓

二月二十三日（戊辰二月初三日癸巳）　木曜日（即星期四）

提要

北京記事

（氣候）晴　（溫度）

傅蓋臣徐飙来訪　呂子人来自曹州稱方叔平忠於黨
飙交来陳書農李其相函
與錫卿叔寶計川事　得復生函

谢持日記

待小人宜寬防小人宜嚴（史搢臣）

提要

路遇戴立夫問我館屎病治法立夫所患幸不屬耳

尹子勤再約飲於中央餐館

社會記事

（氣候）小姓

（溫度）微寒 高四四.六 低二九.六

二月二十四日（戊辰二月初四日甲午）

金曜日（即星期五）

民國十七年 國民日記

二月二十五日（戊辰二月初五日乙未）　土曜日（即星期六）

民國十七年 國民日記

提要

佩嚴借居香草路寓今日約我及家人集其宅飲酒我醺然醉

叔寶自南京歸滬　繼本順道訪無量

寄田兄書附十股令田兄交立弟　上三行係十五日事誤此

午前十時德甫子高來邀偕錫卿叔賓赴錦帆家午飯錦帆

怨同約飲尚歡也定廿七日數人出名召集四川同志之在上

海者并定明日再商

社會記事

（氣候）晴

（溫度）最高四九八　最低三三六

棄約越義而生不如死（楚昭王夫人貞姜）

提要

社會部事

（氣候）余小雅徵旨

（溫度）寒

「衆濁獨醒亟三日便了 崇佛古人未進禪也而獨醒由心則志與情氣矣」

「曹憲明在江西以西山會議派之名被殺未已」

「張岱孝鄭崇忠以所從學會章程交我閱之」

「王女今日送入北總座科醫學校住宿」 上四行係十六日事誤此

午後一時赴錦帆家遂赴琴社

二月二十六日（戊辰二月初六日丙申）

（即星期日）

民國十七年 陽曆日記

二月二十七日（戊辰二月初七日丁酉）（祀孔）月曜日（即星期一）

民國十七年國民日記

提要

晨印刷川事意見午後約集上海同志川籍討論川事
晚赴姚明家談川事十一時後歸寢

紀念記事

（氣候）日溫度 晴

天下事壞於懶與私（朱熹）

谢持日记

良心為正直之府（英諺）

提要

午後如約赴錦帆家季陶先在邀飲酒至醉
晚如約赴許士騏家為侵華姻事電其父韜雲

注意記事

（氣候）晴

（溫度）

二月二十八日（戊辰二月初八日戊戌）

火曜日（即星期二）

民國十七年 國民日記

二月二十九日（戊辰二月初九日己亥）水曜日（即星期三）

（氣候）晴　（溫度）

提要

社會記事

綬華來
錦帆錫卿季陸季陶叔實亞休黎明如約而至議川事略
有眉目午後遂為意見書由寄南京及川省
晤肇祖 又晤協和言川事也
晚季陶來長譚

創業者多勞守成者多易（古語）

道德所以增益樂利者也關於一羣是謂公德關於個人是謂私德（泠 沁）

三月一日（戊辰二月初十日庚子） 木曜日（即星期四）

民國十七年 國民日記

社會記事：少年梯摩風氣之染日益甚

（候氣）晴

（溫度）暖

提要

吾妻處我之遭狙擊也沮我赴拳社將曉遂起而守我：不忍拂其意僅在斗室中練架子一度午後乃赴社為楊綬華與許士騏婚事午後往士騏家賂其已退婚朱氏女之父朱壽丞

自由固從文明事業學問家所限制法律所監督而後有眞自由（伯蔑司）

三月二日（戊辰二月十一日辛丑）　金曜日（即星期五）

提要　孫徵先生由（十七年戊辰）二月初九日手寫

社會記事

（氣候）晴

（溫度）夜微寒

發叔癡吾久不與癡書且數得癡書皆置不復甚矣其懶也
今發發仍簡而未盡吾知叔癡必怪我前後若兩人
日來瘖殺之說稍甚吾妻今日仍阻我赴社習拳
作書介寄李幼芸梨節兵祖南
晚過可亭言事
孫女命先病辛勤山在吾家投藥一劑遂愈

輕浮二字是百惡之根（張履祥）

三月三日（戊辰二月十二日壬寅）土曜日（即星期六）

民國十七年
國民日記

提要

體先（朕樞）生日（十四年，夏正乙丑年二月初九日子時）

社會記事

（氣候）晴　夜微雨

（溫度）微寒

見客遂空費半日功夫　蔣景瑞張抱芝李文卿王伯涵陳鳳鳴楊南生處燮卿來　南生述樑金之經驗　燮卿勸山勸我皈依佛法

寄大女及四幼書　牋張懷九方叔平

三月四日（戊辰二月十三日癸卯）

日曜日（即星期日）

猶豫事之賊也年過一年遂至片刻無餘 （耶古）

提要

社會記事

氣候 雨

溫度

裴鳴宇自徐州折回上海而言我致方叔平書中途遺失索重寫義不能卻寫以付之

為江南晚報擴張計畫及清黨寶錄付印作書致廣州同志

積財千萬不如一藝隨身，（顏之推）

提要

矩先胜楷生日

二月初二日

十六年夏正丁卯年

社會記事

（氣候）（溫度）

三月五日（戊辰二月十四日甲辰）

月曜日（即星期一）

民國十七年國民日記

三月六日（戊辰二月十五日乙巳）（晴熱）火曜日（即星期二）

氣候（溫度） 陰

提要

社會記事

休春寫字　勃山偕徐致遠游寺禮佛約我與俱我未往勃山還贈我二課合解一部致遠以圓覺了義經無量壽經思益梵天所問經

蘇子方偕蓋臣游普陀山還以菩提念珠贈我　甄陶來

駿馬超俊為曾介木也　凌鐵安來言南京巽語之重

浮躁最害事輕假亦然苛惰亦然（胡敬齋）

三月七日（戊辰二月十六日丙午） 水曜日（即星期三）

民國十七年國民日記

提要

勸蘇子方待川局略定再言還川 寫大字

金髮来假款其詞若有所挾遂拒之

社會記事

氣候（溫度）

雨

二月八日（戊辰二月十七日丁未）木曜日（即星期四）

民國十七年國民日記

提要

午前過錦帆值其病卧與怒剛亞光徐李有頃

寫字

社會記事

氣候（小溫度）雨

自由以法律整理積極力也偽自由則營無限制消極力也（上邁夫）

提要

午後過錦帆家計事還已六時晚過錫卿
孫女念先病

社會記事

（氣候）（溫度）

会

三月九日（戊辰二月十八日戊申）

金曜日（即星期五）

民國十七年
國民日記

三月十日（戊辰二月十九日己酉） 土曜日（即星期六）

提要

社會記事

（候氣） 陰

（溫度）

勃山欲以醫術活人尤致憐於貧者吾為之識其居處

鍾子範來　沈舒安將之南京遂為松蔭餞茅詠薰松蔭舒安之友

也南游人

希哲返北京別時諄囑其養病

智慧之生活亦爲社會之幸福（五登）

三月十一日（戊辰二月二十日庚戌）日曜日（即星期日）

民國十七年國民日記

提要

作牋分致陳劍如謝良牧鄧鑄雄彥華李祿超陳策言江南晚報及清黨實錄兩事也

曹德三楊開榮林權英來備述法總支部同志干格不和之真象開榮又言黔事　彭華陳王猷新來猷新言四十三軍經過我遂以黔事叩之　傍晚陳君樸來兆彬規我勿以消極態度示青年同志

社會記事

（氣候）晴

（溫度）

能治生則能無求於人無求於人則廉恥可立禮義可行（張履祥）

三月十二日（戊辰二月二十一日辛亥）

月曜日（即星期一）

提要

近兩三日中喉際若有梗吞津則乃覺之而胸下脘上亦如有物橫然咽食乃覺黎明醒時全體倦滯遂請勃山診治

社會記事

（氣候）日（溫度）

晴

服從與獨立名相反實相成（烏阿通阿）

提要

社會記事

氣候（溫度）

三月十三日（戊辰二月二十二日壬子）

火曜日（即星期二）

民國十七年
國民日記

三月十四日（戊辰二月二十三日癸丑）水曜日（即星期三）

提要

夏正德媽生日（戊將滿三十三歲）

社會記事

（氣候）（溫度）

自管理自教育智識之基礎也（斯邁爾）

學爲工且學忍耐（郎汎羅）

提要

社會記事

氣候｜溫度

三月十五日（戊辰二月二十四日甲寅）木曜日（即星期四）民國十七年國民日記

三月十八日（戊辰二月二十七日丁巳）

日曜日（節氣期日）

提要

社會記事

（氣候）（溫度）

批視表面面判斷（英譯）

智者不冀僥倖以要功（燕丹子）

三月十九日（戊辰二月二十八日戊午）（春社）月曜日（即星期一）

民國十七年國民日記

提要

社會記事

氣候（溫度）

晴

因安慰吾妻不到拳社久矣然運動不可不講求法則今日特延志進先生之弟陳　來家指導

人生無論所處何地皆有當然之義務（張只遜）

二月二十日（戊辰二月二十九日己未）　火曜日（即星期二）

民國十七年　民國日記

提要

（氣候）晴　（溫度）

夫人率三女及孫女赴居覺生家此吾妻來上海十年之第二次游也命魏工送之

午後赴大生紡織公司、華成公司董事會約商要事也

社會記事

待人要豐　自奉要約（呂近溪）

提要

寄德堪夫婦書　五女晨六時許遂起赴學校
拳又進腰較昔日為活潑也
晚約張伯璇戴石浮陳求志殷公武彭竹軒尹子勤蔬食於功德林
夫人率三女念孫還自楊行鎮聞念先行路不當風而哭也　夫人頗以覺生
鄉居為樂

社會記事

（氣候） 小晴　午後風

（溫度）

三月二十一日（戊辰二月三十日庚申）（春分）　水曜日（即星期三）

民國十七年
國民日報

既與人同樂亦不得不與人同憂（世說新語）

提要

社會記事

氣候 溫度

陰 午後風

寒

華成公司股東會我請叔賓勃山及紹清叔為他股東代表同赴會因分地議爭執遂一事不能決半日功夫空費矣延至二十五日再會議

晚餐後與叔賓親家來

徐國卿述川黨大要交唐德安書

爲無益之事雖勤猶惰（英諺）

三月二十三日（戊辰閏二月初二日壬戌）金曜日（即星期五）

民國十七年 國民日記

（候氣）微雨

（度溫）

提要

早訪可亭商棉市消長事

社會記事

張永寬張瑞矩黎重夫来

民國十七年國民日記

三月二十四日（戊辰閏二月初三日癸亥）土曜日（即星期六）

遇詭詐人變幻百端以至誠待之彼術自窮（曾滌生）

提要

社會記事

氣候（溫度）

人既知愛生命則勿須費時日時日者造生命之原料也（佛蘭克命）

三月二十五日（戊辰閏二月初四日甲子）

日曜日（即星期日）

民國十七年
國民日曆

提要

華啟公司股東會決定組織分地善後委員會計畫分地辦法及分地後區處一切事宜吾輩債以足股本今公司墾熟之土至有限豈則無入不得不消滅公司別謀善後而否則損失可歎

社會記事

氣候 陰

溫度

三月三十日（戊辰閏二月初九日己巳）　金曜日（即星期五）

民國十七年國民日記

氣候　小雨
溫度　冷

提要

社會記事

寄孝初諫勸其母以繼母故而惡視家庭，又宜還國，不宜再欲考士官也

儀无量寄祭幛焉

勤以得之儉以守之勤而不儉無異左手拾而右手撒也(彌爾敦)

提要

社會記事

(氣候)|(溫度)

三月三十一日(戊辰閏二月初十日庚午)

土曜日(即星期六)

民國十七年
國民日記

四月一日（戊辰閏二月十一日辛未）　星期日（即星期日）

提要

作書分寄田兒大女四勿經仲執妹倩　慮川江匪患囑田兒注意途
次蔓延將吏不可於川戰作將犯險之道　四川黨不易辦而又
虞共產黨之暴動也丁寧德堪四勿毋任黨事舉大體告四勿
成都大學目前祇好聽張表芳為之而囑四勿毋發概也

社會記事

（氣候）（溫度）

督修於家 (赫胥黎)

四月二日(戊辰閏二月十二日壬申) 月曜日(即星期一)

(氣候) 侌 小雨

(溫度)

提要

社會記事

覺生治素食見召中午就食日本友人水野山田諸人在焉水野以黨問吾答之曰希望當局者善為而有成功並託其規勸我黨寧徐同志

五弟自去年至今無信來數致書促之亦無復疑吾弟非死則病今日又寄五弟書不言他事但要親筆信耳 與他書同發囑田兒面呈

視錫卿病

民國十七年 國民日報

人生最高貴之意思公共幸福是也（博極而）

四月三日（戊辰閏二月十三日癸酉）火曜日（即星期二）

民國十七年 國民日記

（氣候）姓

（溫度）

社會記事

提要

得田兒書亟欲來上海志先之母已改嫁吾擬電台德堪如夔丞匯戢當

即發電

昨夜因事不謹遂自責又不成眠一時過乃寐〻然睡去

訪陳戎生論議川事遇士駪緩華

佩嚴来南生袋岑来遂飲酒

夜略陪夫人竹戲吾妻近来喜不貲之消遣

萬希成来訪別十餘年矣魏乾初與俱

天下無論何事但人所能爲者則我自無不能之理（古訓）

四月四日（戊辰閏二月十四日甲戌）　水曜日（即星期三）

（氣候）晴　（溫度）

提要

赴泰和公司董事會我推叔實親家為代表赴伍祐調查

佩嚴將率女還伍祐治食餞之患難之交其別重矣

昨日陳　又改正拳法數處練之更有進

張緒先引黃浦學校第一期畢業生湖南晃縣張本清來見本清二十四歲原為湖南大學生現任團長其見獨能知學之不足決辭職入法國陸軍大學肄業吾嘉其志也

社會記事

智識愈淺自信愈深（英諺）

提要

右岳紡之姪伍裕嵩来家教之慮其因境之困而為共産黨所陷此子聰穎可教也

為張本清字文芙餞溥泉　為萬希成楊士廉餞張溥九

上香草師書大連

段遠謀来言川事難得辦法尤慮國防共黨神兵合而為亂也又言北伐軍敗徵太多一言蔽之廣州出師時之精神已鄰消滅此与我所杞憂者正同相與咨歎惟禱本黨　總理在天之靈使北伐軍進克北京再謀善後

社會記事

氣候（溫度）

姓

絕對之自由便成不仁（拉夫威）

提要

社會記事

（氣候）（溫度）

四月六日（戊辰閏二月十六日丙子）金曜日（即星期五）

民國十七年 國民日記

成功之祕訣在始終不變其目的（畢困士册特）

四月七日（戊辰閏二月十七日丁丑）土曜日（即星期六）

提要

社會記事

（氣候）日溫度

天下非不進則退（英諺）國會開幕紀念日

提要

社會記事

（氣候）（溫度）

姓

書法略進与叔實親家奕一負而再勝之

南生得我函乃不待我往遽來吾家友之急難者也南生以為被告

不到法庭者不得請律師代表檢視條例果應如此解釋

四月八日（戊辰閏二月十八日戊寅）

日曜日（即星期日）

民國十七年 民國日記

四月九日（戊辰閏二月十九日己卯）　月曜日（即星期一）　民國十七年 國民日記

捍衛國家之責力量當於其人有道之性質中（梅森）

提要

社會記事

氣候　雨

溫度

胡笠僧死亦三年矣上海同志將於明日追悼之我寫三十字以悼文
為上革命詎難成誰知真偽當前爭猶未已下將軍如不死何
至燕雲再陷戰到而今聯語固不佳而我已慨乎言之矣
浙江同志常書林來致其與陳樂三姜則張徐竹虛鄭石橋葉
林森等寄我之書為浙江黨事唏噓也
五女將同濟學校證明書回欲援例在原籍本縣教育局借取學
費事前未商諸我蓋隱然有勉而自立之意我甚嘉之遂封寄
其兄並囑德堪於教育局特即當面接洽

人無一定主義一見旗色即從之最可鄙者也（革破論第一）

四月十日（戊辰閏二月二十日庚辰）

火曜日（即星期二）

民國十七年國民日記

提要

社會記事

（氣候）（溫度）

勿以惡小而爲之勿以善小而不爲（淮南子）

四月十一日（戊辰閏二月二十一日辛巳）水曜日（即星期三）

民國十七年 國民日記

提要

得陳仲祥日本東京書

社會記事

（氣候）（溫度）

簡言擇交可以無悔吝可以免憂辱（李邦獻）

提要

社會記事

（氣候）（溫度）

四月十二日（戊辰閏二月二十二日壬午）

木曜日（即星期四）

民國十七年
國民日記

作我既實見以爲是卽當置毀譽於度外（畢達哥拉斯）

四月十五日（戊辰閏二月二十五日乙酉）

日曜日（卽星期日）

提要

社會記事

氣候（　）溫度（　）

四月十六日（戊辰閏二月二十六日丙戌）　月曜日（即星期一）

能守法律則法律保護之（法律金言）

提要

社會記事

氣候｜溫度

得伯琅書（叔鄘）已喪母矣，而欲迎其京眷還川也。

四月十七日（戊辰閏二月二十七日丁亥）火曜日（即星期二）

提要

訪萬蔚岑敞其所欲言者靜岑出張漢卿楊麟閣兩人致我書略含希望和平意別後專言本黨總理遺體在碧雲寺處保護之不周也促我迎南其用心至可感謝送後林煥廷開會決之

社會記事

氣候 晴

溫度

居賤惡勞居貧惡困居難惡存皆禍之招也（呂祖謙）

四月十八日（戊辰閏二月二十八日戊子）　水曜日（即星期三）

民國十七年國民日記

提要

得大女書　得王希哲書　得士俊片三月廿一日蒼溪

訪子超遂偕往與國彫刻師高祺家觀所造　中山先生卧像之模型

煥廷約訪子超略商碧雲寺總理遺體保護辦法我主迎來南方

社會記事

氣候（溫度）

姓

小人當遠不可顯爲讎敵君子當親不可曲爲附和（申涵光）

四月十九日（戊辰閏二月二十九日己丑）　木曜日（節星期四）

民國十七年　民國日記

提要

得劉甥鴻鈞來書　成都

社會記事

（氣候）（溫度）

晴　午后含寒

上香草師書議貸金通易　復王道函

為張子野致吳鐵城陳劍如函另擬一書與鐵城商田兒游粵事

今晨赴紗布公所練拳其地近較我舍寬也亞休来略與推手

二妹適劉子文無子以其族某之子為子即鴻鈞也我離川時尚幼今距十七年矣鴻鈞今年學於成都始作一書寄我所學雖差詞句雖不明白然吾得此書如獲拱璧蓋諸甥諸姪皆從無一字寄我也

專啟季陶超俊楚救劉仲庸周顯聲等十又三人

病從口入 禍從口出 (傅元)

提要

三女介眉、琛修、隆居生日 戌時

社會記事

得叔凝書言周子鴻事子鴻為富隆瀘合納五縣田賦而欲隸於貴州其左已甚叔凝尚認為有敫商餘地耶

雨度視察交易所

北伐軍已進兗州孫傳芳由濟甯出奇兵襲據魚臺豐兩縣自我軍克濟甯彼魚豐之師退路已斷故大敗孫傳芳軍主力既破豫計泰安無惡戰矣雖然孫傳芳固勇於張宗昌什伯也

五女還家爲其三姊生日也

林煥廷自南京還來言 總理之遺體僉議如可緩遲則緩之也、

約傅子東劉在方王介眉晚飯

(氣候) (溫度)

小姪会

四月二十日(戊辰三月初一日庚寅)(穀雨) 金曜日 (即星期五)

民國十七年 國民日記

自由者以不侵犯他人之自由為界（黑智兒）

四月二十一日（戊辰三月初二日辛卯） 土曜日（即星期六）

民國十七年
國民日記

提要

社會記事

（氣候）雨
（溫度）

得大女兩書陰閏月九日十日所發四夕一書閏月九日大女發書時身體不適

牋希哲以其病而多感設詞解之又牋吳君大猷

道腴約晚飯如時而往乃七時始就食費四時人生光陰大半耗於此等無謂之延誤積習洵難易也

訪葛靜岑則已遷矣不遇悵悵而返將與商 中山先生遺體保護也

機會多失於躊躇（撒伊拉士）

提要

北伐軍已克兗州進攻泰安孫傳芳軍可謂全滅至足喜也唯念前敵將士之苦死傷之衆則又恨軍閥而髮指眥裂矣苟澈底覺悟而與吾黨共謀政革何至交兵無已耶

社會記事

訪張伯璇不遇遂視錫病
為勃山事餞詠蕉
伯農困窮而不自為計 持身之亦不欲降吾不知其如何矣

（氣候）晴　（溫度）

四月二十二日（戊辰三月初三日壬辰）　日曜日（即星期日）

民國十七年 國民日記

一國之強弱視人民之德行（斯邁爾）　古巴民主紀元日

五月十九日（戊辰四月初一日己未）　土曜日（即星期六）

民國十七年國民日記

提要

社會記事

（氣候）晴

（溫度）

早八時別夫人赴粵三女五女及諸友皆送至楊樹浦黃浦碼頭上船此行畏風特乘法國郵船恐語言不通也煩蔡重夫同志照料

人若得自由已貴重方能有恥（程演舒）

提要

社會記事

氣候（溫度）

五月二十日（戊辰四月初二日庚申）

日曜日（即星期日）

民國十七年國民日記

食美者念賓親（說苑）

五月二十一日（戊辰四月初三日辛酉）（小滿）　月曜日（即星期一）

民國十七年國民日記

提要

社會記事

氣候｜溫度

有一分矜張便有一分挫折（胡氏弟子箴言）

五月二十二日（戊辰四月初四日壬戌）　火曜日　（即星期二）

民國十七年國民日記

提要

船行綫今晨抵香港暫息大東旅社遂訪毅生協之曉政乘龍山輪船

入廣州

船中遇何克夫同志老友相逢大快

寄三女書　海中作長牋跋海濵登岸發郵

社會記事

（氣候）晴

（溫度）

五月二十三日（戊辰四月初五日癸亥） 水曜日（即星期三）

提要

社會記事

（氣候）晴 （溫度）

早七時舟泊西堤從克夫言下榻西濠酒店舊遊之地別僅三年風土語言如隔世也浴後迺飯訪胡大先生不遇途遇元沖並與李陸崇基相見又見簡氏近晚訪任潮季陶鐵城碩等雲陵真如元沖

收斂此心緊束此身(胡清甫)

提要

過任陳炳光處寄三女書報平安也

社會記事

(氣候)(溫度)

五月二十四日(戊辰四月初六日甲子)

木曜日(即星期四)

民國十七年
國民日記

五月二十九日（戊辰四月十一日己巳）火曜日（即星期二）

民國十七年國民日記

提要

訪伯康得梓春書

社會記事

（氣候）（溫度）

愛自由者人之天性也然往往過度而陷於放逸（斯賓塞）

合天下之私以成天下之公（顧炎武）

提要

致梓春、可亭、錫卿，並示三女

社會記事

氣候　溫度

五月三十日（戊辰四月十二日庚午）

水曜日（即星期三）

民國十七年國民日記

邪說之言不可聽至公之論不可忽（眞德秀）

五月三十一日（戊辰四月十三日辛未）　木曜日（即星期四）

提要

社會記事

（氣候）（溫度）

雨

不可將第一等事讓與別人做（呂經野）

提要

社會記事

午赴雲陵家夜晚於伍大光家見沖虛

保定碻爲我軍所得

氣候　溫度

上午大雨下午陰

六月一日（戊辰四月十四日壬申）

金曜日（即星期五）

民國十七年國民日記

尊師取友以成其德（王集敬妻劉氏）

六月二日（戊辰四月十五日癸酉）　土曜日（即星期六）

提要

寄田兒大女書

社會記事

（氣候）大雨、然、

（溫度）

君子愛財取之有道（洞山禪師）

提要

社會記事

氣候

温度

六月三日（戊辰四月十六日甲戌）

日曜日（即星期日）

民國十七年國民日記

六月四日（戊辰四月十七日乙亥） 月曜日（即星期一）

不辱其身不遺其親（明仁孝文皇后）

提要

社會記事

（氣候）（温度）

艱難由懶惰生苦惱由偷安來（佛蘭克令）

六月七日（戊辰四月二十日戊寅）木曜日（即星期四）

民國十七年國民日記

提要

王菉鄭頲聲出獄来見
胡毅生同志到廣州来訪

社會記事

（氣候）（溫度）

姓

六月八日（戊辰四月二十一日己卯）金曜日（即星期五）

禍兮福所倚 福兮禍所伏 （老聃）

提要

社會記事

（氣候）姓 （溫度）

午後過青瑞家訪毅生我又述梁海濱事毅生因圓虛道人而聯想及李芳谷之脈青瑞遂電約芳谷来芳谷果如梁允為我述意

二時赴廣州同志歡迎會在西濠酒店之天台 同志皆溢美於我我甚不安我略舉吾黨病根兩事一黨無是非二黨員多抱個人權利準此立說進嫉忌否非所計矣會散譚忠泉胡文燦邀飲一景樓泥楠堂江清風徐至海珠公園如繪洵珠江一幅畫圖也八時鄒言如同志以渡辭葉來

今夜不能放正矣

鐵橋後晝至鼎湖之游不能踐議我因與文燦集迎商擬遂游鼎湖挨州之志

父母之恩水不能溺火不能滅 (俄諺)

提要

寄三女書
晚梓春

社會記事

程鴻軒李芳谷來芳谷約十一時半會於聚豐園其時與梁海濱先生
名樹里晤面十一時我往約青瑞叙生而芳谷與梁先生已先在何克
夫同志亦在致寒暄後遂偕至聚豐園我於是始從所以知梁先生者
并致景仰梁先生亦對我無隱我因啟其師姓氏曰晉陽先生嘗官
遊清時淮揚道揚州官署有晉陽先生碑云[illegible]梁又云成都西門
外有莊帆浦先生年七十餘以次為梁先生師叔
晚飲於鴻軒後炙小豕為殽余蓋陪青瑞也邀鄒煦邦諸人
文燦集熙不能偕遊遂決作罷

氣候(溫度)

姓

六月九日(戊辰四月二十二日庚辰) 土曜日(即星期六)

民國十七年國民日記

六月十日（戊辰四月二十三日辛巳）

日曜日（即星期日）

民國十七年日記 國民日記

提要

社會記事

（氣候）（溫度）大雨上午十時后始晴

昨夜約二時許大雨我寢處亦屋漏被濕而覺起移床易被褥已四時半矣　十一時半邀青瑞毅生赴酒肆 太平新館 而梁漱溟先生已偕李芳谷之欣先至余先夫同志早到為我接待不然則怏之至也今日與梁先生去談較深

視緒公歷士觀病遂偕季陸崇基赴東山訪季陶不遇因入醫院注射防疫藥水　赴東山時我車仰翻車夫懸空中以手未釋車桿也我則仰卧車中幾死重心全失矣

每日勤學一時積至十年雖愚亦智（斯邁爾）

六月十一日（戊辰四月二十四日壬午） 月曜日（即星期一）

提要

早起拳浴遂赴何克夫家八時只今待用粥後遂偕赴洋塘二度橋訪梁海濱先生至十一時許三人偕過二度橋循水而東度觀音橋入市萬棧酒肆飲下午二時半別歸縱譚頗久余激聽不懈又知晉陽先生姓唐名樞嘉慶時嘗官淮陽道至今健在貌如五十歲許又知有婉匿靈蘭兩女士余謹志之冀得見也

見報始知蔣介石果提出辭職書

社會記事

（氣候）（溫度）

今午后二時大雨

民國十七年國民日記

六月十八日（戊辰五月初一日己丑）（霜中）月曜日（即星期一）

立名以一生而失之惟頃刻（英諺）

提要

社會記事

氣候　　溫度

教人如何可効力於國家斯將教育上最貴之道（巴而區）

提要

社會記事

（氣候）雨 午十二時大雨

（溫度）

晨赴戴夏亞民同志遇難六周年追悼會遂偕叔生直勉和鴻集熙伯全青瑞子赴石圍塘祭焉開會時乃推我主祭立烈日中下為泉濕地汗如雨矣十一年陳炯明之叛夏君死難最慘故同志為刻石紀之每年於死之日時致祭蓋十一年六月十九日下午一時遇害

晚姚觀順招飲 香港總工會同志高湛黎某及周天樵來言工會經過

六月十九日（戊辰五月初二日庚寅）（霉中） 火曜日（即星期二）

民國十七年國民日記

六月二十日（戊辰五月初三日辛卯）（霉中）　水曜日（卽星期三）

提要

社會記事

（氣候）｜（溫度）

外

鍾天心自上海南返偕曾集熙來見漢寧消息不大明白也

有謙讓之德則種種無謂之心病可得自治矣（孟德葛）

睦族之次即在睦鄰（姚舜牧）

提要

社會記事

（氣候）（溫度）

六月二十一日（戊辰五月初四日壬辰）（霧中）

木曜日（即星期四）

民國十七年國民日記

不因失敗而屈常進不止（夫素克）

七月十二日（戊辰五月二十五日癸丑）（霜中） 木曜日（即星期四）

提要

夏正五弟竹琦生日

社會記事

（氣候）

（溫度）

人之幸福心神快樂爲上身體康强次之資財其下也(意司連西)

七月十三日(戊辰五月二十六日甲寅)(病中) 金曜日(即星期五)

摘要

社會記事

(氣候)(溫度)

民國十七年
國民日記

八月九日（戊辰六月二十四日辛巳）（末伏中）木曜日（即星期四）

憲法之特色在自由而所以存自由者在秩序（博爾克）

提要

社會記事

氣候（　）溫度（　）

修身潔己不爲苟得（田稷子母）

提要

夏正 父府君芙卿生日紀念

社會記事

（氣候）（溫度）

八月十日（戊辰六月二十五日壬午（末伏中）金曜日（即星期五）

民國十七年國民日記

八月二十一日（戊辰七月初七日癸巳）

火曜日（即星期二）

少年時代覺自己有失行者幸福也　（英諺）

提要

夏正二妹適郭生日紀念

社會記事

（氣候）（溫度）

浮躁之氣足以敗事（胡氏弟子箴言）

提要

社會記事

氣候　溫度

八月二十二日（戊辰七月初八日甲午）

水曜日（即星期三）

民國十七年國民日記

九月八日（戊辰七月二十五日辛亥）（白露）土曜日（即星期六）

人極重一恥字（魏禧）

提要

社會記事

（氣候）｜（溫度）

謝持日記

黃金種之子生於勤儉之家（英諺）

提要

社會記事

氣候

溫度

陰八月十四日得田兒書 七月廿八日富順發 其婦於本日上午子時

十二鐘半舉一女孩碩肥而其婦則小腹作二日痛

九月九日（戊辰七月二十六日壬子）

日曜日（即星期日）

民國十七年國民日記

儉以養德可以立身儉以善施可以濟人 (徐餘齋)

十月二日（戊辰八月十九日乙亥）

火曜日（即星期二）

民國十七年 國民日記

提要

社會記事

（氣候）（溫度）

當常將事業順序而整頓之是嬴時日之最妙法也（哥 斯）

十月三日（戊辰八月二十日丙子）

水曜日（即星期三）

民國十七年國民日記

提要

夏正 德堪婦范氏生日

社會記事

氣候（溫度）

增長人之幸福是謂至善障減人之幸福是爲至惡（邊沁）

十月六日（戊辰八月二十三日己卯）土曜日（即星期六）

民國十七年國民日記

提要

夏正大妹逌咏生日

社會記事

氣候［　］溫度

以愛妻子之心事親則曲盡其孝（林逋）

提要

社會記事

（氣候）（溫度）

十月七日（戊辰八月二十四日庚辰）

日曜日（即星期日）

十月十四日（戊辰九月初二日丁亥）

星期日（即星期日）

諸食慢於節之診治（英諺）

提要

社會記事

氣候

溫度

愛子者教勝於愛則愛可用（陳辰亦）

十月十五日（戊辰九月初三日戊子）

月曜日（即星期一）

提要

大女举两孩皆女也

社會記事

（氣候）（溫度）

經驗爲才智之父記憶爲才智之母（英諺）

十月十六日（戊辰九月初四日己丑）火曜日（即星期二）

提要

社會記事

氣候（溫度）

學以立名問則廣智（孟子母仉氏）

十月十七日（戊辰九月初九日庚寅）　水曜日（即星期三）

民國十七年國民日記

提要

夏正淑庭甥女生日（滿十五歲）

社會記事

（氣候）（溫度）

明者遠見於未萌智者避危於無形（司馬相如）

十月三十日（戊辰九月十八日癸卯）

火曜日（即星期二）

提要

社會記事

（氣候）（溫度）

經營多事之捷法一時治一事是耳（意附特）

十月三十一日（戊辰九月十九日甲辰）

水曜日（即星期三）

民國十七年國民日記

提要

夏正

孝初甥生日，满二十歲

社會記事

（氣候）

（溫度）

十一月二十七日（戊辰十月十六日辛未）　火曜日（即星期二）

克己自不怍物始（羅信南）

提要

次孫志先生日滿二歲
十五年夏正十月廿三日辰時[illegible]

社會記事

氣候

溫度

敖不可長欲不可從志不可滿樂不可極（禮記）

提要

社會記事

（氣候）（溫度）

十一月二十八日（戊辰十月十七日壬申）

水曜日（即星期三）

民國十七年國民日記

天下之最可貴者無如時日天下之最爲奢侈者無如浪費時日（特萊利）

十一月二十九日（戊辰十月十八日癸酉）　木曜日　即星期四

提要

本生父鏡湖府君生辰紀念

社會記事

氣候　溫度

公民權利與公民義務乃高貴之觀念有之則愛國之心愈得力矣（開梯斯）

提要

社會記事

氣候｜（溫度）

十一月三十日（戊辰十月十九日甲戌）

金曜日（即星期五）

民國十七年
國民日記

觀寢興之早晚可識人家之興替（景行錄）

十二月十五日（戊辰十一月初四日己丑）

土曜日（即星期六）

民國十七年國民日記

提要

社會記事

氣候

溫度

人生成功之訣即對於應辦各事肯盡忠誠是也（狄思雷列）

十二月十六日（戊辰十一月初五日庚寅）

日曜日（即星期日）

提要

本生母林太夫人忌辰

夏正 废箸之夫婿曾任伧生日

社會記事

（氣候）（溫度）

十二月十七日（戊辰十一月初六日辛卯）

月曜日（即星期一）

君子非其人弗與之言（徐偉長）

提要

母華太夫人夏正生日紀念

社會記事

氣候

溫度

防惡人難於防火（荷諺）

十二月十八日（戊辰十一月初七日壬辰）

火曜日（即星期二）

民國十七年國民日記

摘要

社會記事

（氣候）（溫度）

十二月十九日（戊辰十一月初八日癸巳）水曜日（即星期三）

提要

本生母林太夫人夏正生日

紀念

社會記事

氣候

溫度

自滿者敗自立者悉自肵者捴（李邦獻）

致富之難在最初所積之萬金（亞士他）

提要

本生父鏡湖府君忌辰

社會記事

（氣候）（溫度）

十二月二十日（戊辰十一月初九日甲午）

木曜日（即星期四）

民國十七年國民日記

天下之患莫大於當然而不然不當然而然（王　符）

十二月二十三日（戊辰十一月十二日丁酉）

日曜日（即星期日）

提要

社會記事

氣候　溫度

持寬足以得人　身先足以率人（李邦獻）

十二月二十四日（戊辰十一月十三日戊戌）

月曜日（即星期一）

提要

夏正母華太夫人忌辰
念先生日十二年滿五歲（夏正
癸亥年冬月十七日子時）

社會記事

（氣候）（溫度）

發信表

日期	人名	地址	事由	備考
月　日				
月　日				
月　日				
月　日				
月　日				
月　日				
月　日				
月　日				
月　日				
月　日				
月　日				
月　日				
月　日				
月　日				
月　日				

三妹適鄒夏正十一月廿七日生辰

四弟仲光夏正十一月廿四日生辰紀念

二妹適劉夏正十一月卅日生辰

七妹適劉夏正七月　生辰

大女慶眉夏正十一月卅日生辰

（瑞三十一歲）

介眉女之夫婿羅甫氏夏正十二月廿六日生日

中華民國二十年
袖珍日記
中華書局製

四月廿三日【星期一】陰三月初八日【丙寅】

由大夫散起錢王
竹生九齡還虞
省天民名欽代大
恭文姬廉
鄒蔡舉名忠洵湘西
將欽之總代
袁、豈庸未緘張緒先
竹侶
名駿名欽代大東

四月廿四日【星期二】陰三月初九日【丁卯】

四月廿五日【星期三】陰三月初十日【戊辰】

四月廿六日【星期四】陰三月十一日【己巳】

寄公諧梅谷叔愼牋寄上海郵局局長牋言保險信受買之善狀也

【59】

五 月 一 日【星期二】陰三月十六日【甲戌】

覆樨春書 來書僉二月二十

將樨春書交靴

記

得贊元、瀛公書

五 月 二 日【星期三】陰三月十七日【乙亥】

得舒將生緘 旭見

外埠民生週刊新生

得徐勤芳函

得曾集之函 義

自里日邨、樹德

片一紙又花樽

篆勝一函

【62】

五月三日【星期四】陰三月十八日【丙子】

復公權、志言、馥之
將魯集之函轉
公權
得肇真漢口信 陰三月初四 四月廿九
得德堪婦寄諸女信
寄梓春函

五月四日【星期五】陰三月十九日【丁丑】

詳函四弟

五月五日【星期六】陰三月二十日【戊寅】

帅文湘来谈并還款

五月六日【星期日】陰三月廿一日【己卯】【立夏】

五月七日【星期一】陰三月廿二日【庚辰】

復莊仲舉書及
蔡書
得孫趙紀文牋
附紀文[illegible]數筆
得高無情信
補山
得李宣龔詩

五月八日【星期二】陰三月廿三日【辛巳】

得[illegible]
[illegible]
賀張文湘叔沅添伯
純
得公勝及積元牋

五月九日【星期三】陰三月廿四日【壬午】

國恥紀念日

五月十日【星期四】陰三月廿五日【癸未】

五月十一日【星期五】陰三月廿六日【甲申】

秋白次震告来
王涵三君化一文字、筱塵常
德馨之妹夫周人燏
契聽常葆別燏常
筆擊像方　常言洪
不為吳出力
晴　梓春西樓讌飲
晴　伯瑕士遠可專
晴　與叔藏前

五月十二日【星期六】陰三月廿七日【乙酉】

一九三一年

五月十三日【星期日】陰三月廿八日【丙戌】

得洙实明片
得郵局通知
得邵明初長箋

五月十四日【星期一】陰三月廿九日【丁亥】

得公睛兩潮箋
得可亭箋
寄子穆老伯箋
鄭國賴卬
寄公睛箋

【68】

五月十五日【星期二】陰三月十三日【戊子】

得劉光成寄梅九兩
人設傳染條
條並易絕王用賓

五月十六日【星期三】陰四月初一日【己丑】

得伯農書 五月三日成都
得倩文函

【67】

五月十七日【星期四】陰四月初二日【庚寅】

晚洪痴治祖

得覲山、北泉、振衡片

得夜先白渭城

得肇真信 重慶

得德堪信 陰三月十六

內附陳德英、張義吾

兩人宣函及所錄挽聯

得孟庸函

寄劉允臧、帚梅、九藕、眷

芳陳範一片

瑞書歸，晚叔痴

五月十八日【星期五】陰四月初三日【辛卯】

晚莅衡

得巨川信

五月十九日【星期六】陰四月初四日【壬辰】

印懷瑾、和平執兵各來函

得叔暇函

得鄒叔初緘（卅四月報告）

得可亭勃山緘

五月二十日【星期日】陰四月初五日【癸巳】

潘士選庠伯純來緘

得肇真片 渝萬

五月廿一日【星期一】陰四月初六日【甲午】

楚白、漢屏、漢口諸人餞

五月廿二日【星期二】陰四月初七日【乙未】【小滿】

五月廿三日【星期三】陰四月初八日【丙申】

五月廿四日【星期四】陰四月初九日【丁酉】

德堪來信
陰三月廿六富順發

五月廿五日【星期五】陰四月初十日【戊戌】

亦田兒并餞陳秉章妹倩

五月廿六日【星期六】陰四月十一日【己亥】

五月廿七日【星期日】陰四月十二日【庚子】

得仲執五月十一成都 叔實
親家五月十四日成都箋 第二箋
真五月二十重慶 梓春五月十二日箋
得叔雍箋
得進易老電 快郵

五月廿八日【星期一】陰四月十三日【辛丑】

得易季太箋
得叔實箋 五月廿日 第一箋

五月廿九日【星期二】陰四月十四日【壬寅】

發四弟五弟陳秉章
永田兒 電台田兒
得德堪婦等女輩兩書
会三月廿六日及四月二日發
得鄧明初徐雨亭書（毛仲珹手交）
得倩文鉞城孫璞緘
發四函（回報）

五月三十日【星期三】陰四月十五日【癸卯】

五月三十一日【星期四】陰四月十六日【甲辰】

六月一日【星期五】陰四月十七日【乙巳】

六月二日【星期六】陰四月十八日【丙午】

六月三日【星期日】陰四月十九日【丁未】

六月四日【星期一】陰四月二十日【戊申】

得叔實五月廿二日鎌倉函

廿八[illegible]發

六月五日【星期二】陰四月廿一日【己酉】

得四弟書 賛元牋

得公博五月卅牋

六月六日【星期三】陰四月廿二日【庚戌】

電鼎卿洪人

六月七日【星期四】陰四月廿三日【芒種】【辛亥】

六月八日【星期五】陰四月廿四日【壬子】

七月七日【星期六】陰五月廿四日【辛巳】

偕四弟德堪
偕伯琅倩文
得静哥函

七月八日【星期日】陰五月廿五日【小暑 壬午】

【96】

七月九日【星期一】陰五月廿六日【癸未】

七月十日【星期二】陰五月廿七日【甲申】

十月五日【星期五】陰八月廿五日【辛亥】

書館贈送成岳陽樣
貢之請撰不售者
十一人耳 王安富 西陽 湖山
盧仲琳 三台 伯琅 潘大道 開
江立三 黃雲鵬 永川 美涵 李[illegible]
[illegible] 肇甫 巴縣 李孝倫 伯申
簡陽 李汝翼 巴中 望溪 張
伯玉 南部 陳國璽
瑾寰 秋恩
榮昌 吳淵 仲達
漢傳 又
我為十一人

十月六日【星期六】陰八月廿六日【壬子】

十月七日【星期日】陰八月廿七日【癸丑】

十月八日【星期一】陰八月廿八日【甲寅】

十一月廿五日【星期日】陰十月十八日【壬寅】

十一月廿六日【星期一】陰十月十九日【癸卯】

【168】

十一月廿七日【星期二】陰十月二十日【甲辰】

十一月廿八日【星期三】陰十月廿一日【乙巳】

湘省代表宴國會
議員於半淞園
攝影公讌會午

十一月廿九日【星期四】陰十月廿二日【丙午】

伯申望溪在北京而與滬之九議員特攝一影，持以自存念而貽四川省議會也。

十一月三十日【星期五】陰十月廿三日【丁未】

十二月一日【星期六】陰十月廿四日【戊申】

楊可大來函言洪孟隣（泰德）卞叢之洪君中祖同志也
復青陽為辯言不聽流言之道（歉）
謝郁山言備田莫（平陽函）
復任俊三妹

十二月二日【星期日】陰十月廿五日【己酉】

十二月三日【星期一】陰十月廿六日【庚戌】

陵石腊變舞瑞及

十二月四日【星期二】陰十月廿七日【辛亥】

十二月五日【星期三】陰十月廿八日【壬子】

十二月六日【星期四】陰十月廿九日【癸丑】

十二月十一日【星期二】陰十一月初四日【戊午】

十二月十二日【星期三】陰十一月初五日【己未】

十二月十三日【星期四】陰十一月初六日【庚申】

母華太夫人冥誕
日設香花果餅
為祭

十二月十四日【星期五】陰十一月初七日【辛酉】

十二月十五日【星期六】陰十一月初八日【壬戌】

本生母林太夫人冥誕
設花香果餌為祭

十二月十六日【星期日】陰十一月初九日【癸亥】

以舊曆言，本日為本生
父鏡湖府君棄養之
忌日也。
以陽曆言，本日為本生
母林太夫人之棄養
之忌日也。
吾父見背廿有五年，
吾母則已期年矣。不
孝猶客上海，未能
帰川奉奠，烏乎傷
哉！

【178】

十二月十七日【星期一】陰十一月初十日【甲子】

十二月十八日【星期二】陰十一月十一日【乙丑】

十二月十九日【星期三】阴十一月十二日【丙寅】

十二月二十日【星期四】阴十一月十三日【丁卯】

十二月廿一日【星期五】陰十一月十四日【戊辰】

復四弟五弟十六日信復

復叔实觀家十六日信

復漢存廿四日信

示田兒十九日信

今日侄纖等田兒紀

轉

復勃山漢口

十二月廿二日【星期六】陰十一月十五日【己巳】

十二月廿三日【星期日】陰十一月十六日【庚午 冬至】

十二月廿四日【星期一】陰十一月十七日【辛未】

十二月廿五日【星期二】陰十一月十八日【壬申】

雲南倡義擁護共和紀念

得檳榔嶼陳長演
英文電報云倩文札
十九日十二時三十死
於檳城 二十二日葬
電易曼庚 直出蓋
去齊施燮大際殺史

澤立

十二月廿六日【星期三】陰十一月十九日【癸酉】

十二月廿七日【星期四】陰十一月二十日【甲戌】

得德垠書 金初七發
得俊士尚絅及文健 金初五 民函
得陳雪屏函 常鐵路華
得三五日報社函
中國大學華葉函
李璧珍書及 學務敘 函淡人
得黃季陸牋華 雲高

十二月廿八日【星期五】陰十一月廿一日【乙亥】

寄書勃山一支
得陳銘德兆彬函 北京
得鄭峻生函 北京

十二月廿九日【星期六】陰十一月廿二日【丙子】

發漢口書 賜交李贊成
得微吾牋 成都

十二月三十日【星期日】陰十一月廿三日【丁丑】

附录一 谢持残存史料

二年五月十七號慧生被軍事執法處逮捕參議院依法質問依法表決要求閣務員出席答復書面俱存追維往事隱哉隱哉

民國十七年舊曆三月廿八日書朝 靜志

質問書

為質問事查臨時約法第四條中華民國以參議院臨時大總統國務員法院行使其統治權第九條人民有訴訟於法院受其審判之權第四十八條法院以臨時大總統及司法總長分別任命之法官組織之現在軍政執法處之机関其成立之根據究係屬於約法第幾條抑係另有根據於前項法典無涉查彼既命名於為軍政執法處矣則循名覈實充其量効力不過及於軍人而止普通人民自無受其捕逮審判之權加以京師秩序早已恢復軍民相安毫

無論既有警察已足保護京畿人民之治安又有憲兵尤足維持京畿軍隊之軍紀則此軍政執法外之机關更無須設之必要此應行質問者一查臨時約法第六條第一項人民之身体非依法律不得逮捕拘禁審問處罰第二項人民之家宅非依法律不得侵入搜索第二十六條參議院參議員除行犯及關於內亂外患犯罪外會期中非得本院許可不得逮捕國會組織法第十四條民國憲法未定以前臨時約法所定屬於參議院職權內之事項爲屬於國會之職權今謝議員持非參議院議員乃擅攙

一無佐證之炸彈嫌疑是可謂為現行犯乎是可謂為關於內亂外患之犯罪乎五月十七號非在會期中乎當逮捕之先曾無片紙隻字通知本院其可得謂為得本院之許可乎不特此也即使逮捕之前已一一完成上列諸項之程序矣則其逮捕索搜之權自有普通法院操之軍政執法處既非法庭机關而容越俎捕人乎侵害司法独立之權剝奪人民之身由權究竟根據何項法律此應行質問者二查現在北京秩序安堵如恒中國以內並無戰事既不在戰地之範圍又未有戒嚴之宣告即使本區域內發生

二

犯罪事實，亦應由總檢察廳指揮檢察官暨司法警察以執行其搜查、檢証、拘攝等處分，而不應由軍政執法處之類擅將軍隊橫加干涉。即司法警察力有不逮，並尚有普通警察在，乃近日該執法處捕人之際時有所聞，且動以軍隊出之，究係根據何種法律？且既以軍隊捕人矣，尤宜公然穿著制服，乃動以便衣出之，是何理由？此應行質問者三。據謝議員報告，當被捕至軍政執法處時，不問理由，即强釘鐐靠，閉禁牢獄，如前清之待犯囚。此等野蠻非刑，根據何種法律？並聞拘囚纍纍至數十人之多，此數十人者，既非軍人如果犯罪自應移歸法院審問按法處罰今軍政執法處既非法院又非定法之機關又未在宣告戒嚴期內按照臨時約法第六条第一項則軍政執法處對於人民當然無逮捕拘禁審問處罰之權今該處公然用鎗斃外加罰人民設法庭審問人民置守獄拘禁人民派偵探逮捕人民究根何種法律此應行質問者四

以上四点相應按照臨時約法第十九条第九項提出質問以希即明白詳細逐条答覆以釋群疑

提出者　張我華

三

連署者

朱念祖　丁世嶧　王家襄

黎尚雯　楊渡　金兆棪

丁象謙　徐鏡心　章兆鴻

湯漪　鄒樹聲　范樵緒

童杭时　。高蔭藻　朱兆莘

蕭輝錦　張杜蘭

參議院咨

本院本日開會據謝議員持報告於本月十七日午前五時被京畿軍政執法處無端逮捕及釋放情形深滋惶惑經多數表決應援臨時約法第十九條第九項之規定要求國務員於本月二十一日下午一時出席本院明白答覆相應咨達

國務院希即

查照此咨

國務院

中華民國二年五月十九日

五月二十三日國務院咨

爲咨覆事准

貴院咨開據謝議員持報告被京畿軍政執法處無端逮捕及釋放情形深滋惶惑經多數表決要求國務員出席答覆等因查是案現由總檢察廳辦理事關司法無庸由國務員再行出席相應咨覆

貴院查照可也此咨

參議院

参議院咨

五月二十三日准

咨稱准咨開據謝議員持報告被京畿軍政執法處無端逮捕及釋放情形深滋疑慮經多數表決要求國務員出席答覆等因查是案現由總檢察廳辦理事關司法無庸由國務員再行出席相應咨覆貴院查照可也等因到院經於本月二十六日提出大會报告僉以來咨所答殊失本旨蓋本院前咨要求國務員出席答覆者查臨時約法第二十六條參議員除現行犯及關於內亂外患之罪犯外會期中非得

本院之許可不得逮捕謝議員持於本月十七日午前五時被軍政執法處逮捕加以鐐銬置之囚牢旋獲釋放一捕一放之間罪名未得而謝議員已受罪犯之苦又臨時約法第六條第一項人民身體非依法律不得逮捕拘禁審問處罰是民國之人民非法定机關依法律手續亦不得逮捕況民國國會議員乎該执法處究為何種法定机關依何法律賦予逮捕議員之權并此次係依何項法律手續逕逮捕之本院所欲質問者在此來咨以前此軍政执法處之捕議員與現在總檢察廳辦理是案混為一談實由

五月三十一日國務院咨

為咨復事准

貴院咨開謝議員持被京畿軍政執法處無端逮捕及釋放一案經提出大會報告僉以來咨所答殊欠本旨仍要求出席本院明白答覆等因到院查是案據京畿軍政執法處咨呈稱本年五月十一日據女學生周予儆到本處憲兵隊首稱現有暗殺團潛在京津組織血光黨以圖炸斃要人為顛覆政府之起暴動之計並有炸彈藥綫書籍為證訊據周予儆供出該黨財政長係謝慧生嗣在津查獲謝熙等炸藥之

(一)

劉士廷復供係謝慧生由滬帶款來京擔負奉部縣政之責任適逢眾已議令伊入京並據有周予覺謝慧生之委其炸藥雷管亦係周予覺令伊帶交謝慧生等語旋傾得謝慧生住在皮庫營當帶同周予徵前往調查危險物藏匿處所先由周予徵語謝慧生詭稱劉士廷現已被捕消息已漏所有尊宅炸彈等物恐被搜查宜早設法謝慧生答以不好送三里河戴家等語旋即四處報告各情由憲兵會同巡警於次早赴皮庫營查傳謝慧生並將其存寄三里河戴姓家內之炸彈炸藥雷綫等物同時起出解送

民國三年六月

黨禍記

守愚

吾中華自有史以來。黨禍之烈。未有如今日之甚者也。自刺宋案出。志士憤起。大聲呼號。請誅正凶。袁政府今日殺數人。誣之曰是謀亂者也。明日殺數人。亦誣之曰是謀亂者也。識者引履霜堅冰之戒。已逆料中華黨禍。將愈演愈酷。有不可收拾之日。及袁軍四出。迫起二次革命。不幸革軍失敗。袁勢大張。凡倡義之區。袁軍輒任意蹂躪。寡人之妻。孤人之子。獨人父母。姦淫擄掠。各報書不絕書。袁政府猶託詞曰。是爲平亂。實則直接間接。殺小百姓而已。此猶得曰軍事期間之舉動也。戰事既息。各省解嚴。國人望治甚殷。正與民休息之時。袁政府乃於取得正式總統以後。解散國會。取消省會及地方自治會。凡國會議員省會議員自治會議員。平日稍有側目偶語之嫌者。先後明殺暗害。悉使之家破身亡而後已。袁政府猶以爲未足。乃大招盜賊流氓。派爲偵探。僞投一危險物。殘毀者數十家。僞造一委任狀。捕戮者數十人。遂使端正之士。良善之家。咸不獲安生樂業。欲不群起革命而不得。自徐世昌入相。袁氏爲釜底抽薪之策。於是乎由袁政府再宣命令。除革黨首要外。概行赦免。美其名曰寬宥革黨。實則各報登載。各省新聞。每日必殺數人。或數十人。黨禍而已。江蘇都督馮國璋省長韓國鈞請准於上海設遣撫陸軍調查所。美其名曰遣撫退職軍人。實則且遣撫且誅戮。較未遣撫時。殘虐爲尤甚。黨禍而已。嗚呼民國自袁氏戰勝革軍而後。吾國民已墮死獄。聽袁氏草雉禽獮。無如之何也久矣。彼袁政府所指爲亂黨者。乃前死後繼。此仆彼起。各犧牲其生命財產。死抗袁政府而不稍屈。豈眞愚不可及哉。毋亦爲公理人道計。爲國家存亡安危計。不得不以討袁爲幟志耳。嗟乎人生上壽不過百年。終於死而已矣。如諸烈士之死。固一死千秋者也。國家之靈。國民之魂。他日入中華民國神社。足以廉頑立懦。使後人景仰不忘矣。本報自二號始。據報紙所揭載公函所報告者。逐日誌之。藉以覘民氣之强弱。國運之興衰。使諸烈士凜凜大節。不至日久湮沒。此記者區區之心也。略記如左。

五月一日

閩汪聲玲懸賞破獲黨人總機關者給五千元。破獲分機關者八

議院聽候傳質亦尚非無故釋放正核覆間准司法部王寵惠謝持經總檢察廳傳迅業已在逃等語是此案純係司法問題政府不負其責自無出席答覆之義務相應咨覆

貴院查照可也此咨

參議院

百元。黨人密謀舉事愈力。

閩省城鑲牙店。有人指爲黨人機關。大被抄擄。

閩省北門內方聲濤宅。忽被警探搜查。僅有婦人與小兒數人。一併拘入警廳。見者寃之。

鄂省京山縣知事搜查國民黨議員夏煥聲宅。財產一擄而空。並未搜出證據。

五月二日

蘇揚丹警探捕戮黨人王濤李義聲其罪狀係攜帶黃與相片有意附亂。

鄂段芝貴。囚數百人於陸軍監獄。中有黨人擬於四月二十七破獄舉事。謀洩。芝貴殺張佩衡等十八人。

閩劉冠雄。疑該省軍官主張革命。殺厦門司令官李心田泉洲義勇隊司令官鈕超元營長朱心𪭢軍人恐受株連。亟謀舉事。又鎗斃何義等數十人。

蜀夔州兵士。聞袁政府將解散蜀軍。激成兵變。殺百數十人。餘者攜械四散。

粵龍濟光因汕頭兵變。疑前督陳烱明族姪陳文伯指使。遂殺文伯及其黨數十人。

閩劉冠雄獲西裝之臺灣人林某施某。因其膽怯詞短。疑爲黨人。飭令鎗斃。行旅戒嚴。

粵梅縣營長王國柱稱討袁軍司令官率兵攻城。力戰陣亡。其部卒死戰數日。始攜械四散。

粵羅縣民團豎旗討袁。縣知事率兵圍攻。殺首要十餘人。監禁者甚衆。抄擄者百餘家。哭聲載道。

粵德州兵變。龍濟光疑隊長排長數人主動。飭令鎗斃。

粵陽江縣殺黨人張錦灊張亞帶張亞七以從前同盟會證書爲罪據。

湘常德官吏。殺常德機關部長谷煥然澧縣機關部長賀九思湘潭機關部長王道臣各路運動員戴大梓諸人。臨刑時神色自若。觀者惻然。

五月六日

晋大同第九師殺黨人宋世傑馬崇德

閩省城警探獲黨人林礁破其家。仙游縣警探獲製造局工頭鄭金標一

閩德化縣蘇億舉兵討袁。進攻永福縣城。袁軍力却之。乘勢抄沒蘇億駐兵地數百家。並焚其房舍。老幼死者百餘人。

閩劉冠雄疑團長王振交通黨人。乃殺振。並沒其財產。

浙朱瑞。令軍警捕獲王金發黨友江長林江東甫孫鵬嚴加禁錮。

蜀重慶各屬因二年七月熊克武楊滄伯舉兵討袁。受株連者數百家。懲治苛虐。上訴者紛紛不絕。司法部令於重慶地方組織大理分院。治其獄。

五月十日

黔劉顯世殺上游討袁軍司令官劉景泉及前黔軍參謀蕭健之

五月十一日

湘湯薌銘。殺貴州下游討袁軍司令官吳知兵。黔劉顯世。殺第一營起義軍士百餘人。首領鄢雲程逃去。通緝未獲。

皖倪嗣沖。殺前皖軍前衞司令官孫亞峰團長王富春

黑嫩江縣防軍豎旗討袁與袁軍力戰。彼此各傷數十人。餘百五六十人。攜械且戰且走。袁軍不敢窮追。

五月十二日

蘇松江楊善德捕殺前討袁軍司令鈕永建部下之青年學生數十人。現在奉賢各縣士心憤甚。

上海鄭汝成令偵探誘獲黨人孫芝仙毒殺之。

閩省城軍警抄沒鑫記鐵匠舖。捕治茶室偶語者。並無罪證。閩人甚不平。

鄂段芝貴殺武穴平民李復漢。有父老爲之訴冤。請治誣陷之探員。芝貴不理。

五月十三日

浙朱瑞。殺海門討袁軍首領劉倚志

五月十四日

蘇上海鄭汝成。殺黨人俞亞龍王亞武虞亞安

鄂段芝貴。捕黨人唐國勳楊傑

蘇馮國璋殺揚州某軍團長高紀

毓李純沒收前淮鹽局黃緝熙及前師長劉世鈞資財。

五月十五日

蘇上海鄭汝成令探員誘捕黨人蔣斯雲黃甲法領事提起交涉。尚未解決。

五月十五日

蜀胡景伊殺討袁軍諜報科長薛鴻與重慶周駿殺黨人李煥庭劉煥龍張煥漢江煥庭

黔劉顯世殺黨人呂子安並疑及水老土司。派兵鎗殺土司全家。焚其屋宇。土民憤甚。

五月十六日

浙朱瑞飭軍警于陸軍監獄內。提出前在紹興日暉橋表店內破獲謀變黨人王鑑庭縛赴刑場鎗斃。

蘇上海法新租界福開森路捕獲黨人七十六人。並無謀亂證據。鄭汝成接一虛僞警報。謂黃興李烈鈞黨徒等在龍華附近開會。集有死黨千餘人。約期分五路起事。先攻製造局等說。遂傳緊急命令並函知法總巡捕。以汽車至該處緝獲多人。現正嚴訊。

同日上海閘北徐警廳長又訪拿黨人歐陽捷三陳駿泉二人。據探報歐陽係附和韓恢者。陳係受季雨霖委任者。鄭汝成又據偵探密報飭軍事偵探會同警察拿護黨人湘南人張某等二人。搜出槍械炸彈。及子彈七十五排。

五月十七日

蘇上海南段崔分廳長由警察拿獲黨人胡靈貴周炳興羅晉士三人。搜獲軍刀等物。

五月十八日

蘇上海鄭汝成。飭滬南警察分廳。緝獲黨人蕭殿明（又名蕭啓泉皖人曾充前都督柏文蔚部下團長。鄭接倪嗣沖電。擬於日內解皖訊辦。）

參陸兩部電開奉袁世凱令。據湘都督湯薌銘呈稱黨人劉庚任完元蕭宏閣陳據牽楊濬源米永基吳昌黃周崇等八名甘心謀逆。證據確鑿。飭各省嚴拿懲辦。現已分別令緝。

鄂呂調元奉袁世凱通令緝拿黨人李天超張大鴻佘漢臣容九

1\. 民国五年（1916）在东京由中华革命党给总务部联络员的指令

頌壽 中山先生面令 足下
應駐東京策畫一切不宜離
上海為策源地也 如有須
赴上海一行則接洽妥後仍
應即返東京 特詢
興叢先生 謝持

三月九日

NO.________　　年　月　日

逖庵有復電，李天偉有報告石照關保定一旅，我兵尚未接械，不富雄勇，敵日來不見攻，奈何也。

丹書兄

謝持

九日

講書先生執事
曉夜歸去尚無從丕國深
夜行路著國宣勞至念
受之下推别時傅之後方
接聲萬言要一微經事之勇
監有不總而與
是下中明著今曉言之如下

（二）足下所任聯絡某團某鄉
既未需運動之費又無需
臨時集合之費雖聯絡員
川資用度則所用自有限
也

（三）諸聯曰足下所言是焉本
部所商議負擔為聯絡

而足下實際所進者乃別有計畫為本部所不知此區區賑給之殘留費而欲以供計畫之用無怪其不足用也況足下所計畫者并不一計畫耶

（三）足下此次攜進所有款項務須開報本所負職任經過[illegible]

內容如與辦理本年部份

有條理可稽查並可指定

當日不給之處

因以上閱係則非度所需洪

卷件勢不能不錄齊

存查以備遺忘今並錄如後

(3)擬將前議尊經精神為模

範圍局及於第廿一及廿二兩

歸而當後因另入手

（七）凡接洽之保定軍官學生皆

介紹者張某以歸劃一

但足下職任內所需用名

員不在此限

（八）弄負調查他方事宜之責

應調查之事項隨時通知

但凡調查之事皆宜秘密

其福有何計畫務必報本
（部必要計畫不與本部
計畫
聯貫而得本部同意後
進行）
（5）務將所服務職任之事
隨時報告本部）
在所之跡與　左右由盡一切合
後該之讀　請當以本周係施

夫西昌不之支天寅録任事
而章豈進行經費之忱止一路
故於譯業譯力相輔助不相
衝突乃能收效最一迅見有
言著書人缺欽才就範一語
甚為可誦昌不幸留意焉
再者昌昨日接得譯門報

是有何敢名曰乙同志會係由吴慎之（及其他諸人）發起請派代表來本部（去函）且對於此事亦贊守駱令據所知以告足下

昨日怎告足下有何非同志會乃協今及之（三某本与吴慎之相識因其行動不穩吴）一班王端發起而与傅探合（恢之因之惟恐不及）為一圖而知王某有意為之析被傅探利用之現在亦係

郭新起藏告在津同志蔼不可与之接近。至若足下所得报告者，亦不知其真相也。不宜随便。

早佳

谢持上

十八日晨九时

幾為俯畀而收到惶款一層
日內實窮總不受到以資錢故也
憤火中燒祇有中節中庸等
異之言曰發而皆中節四語又
須玩味也足下前日之憤怒但不
中節且難於乾此行閱係既重
足下所任艱不輕而應物接人
尚望必須留意一於感情而不恆

四、經營直隸、籌組勁

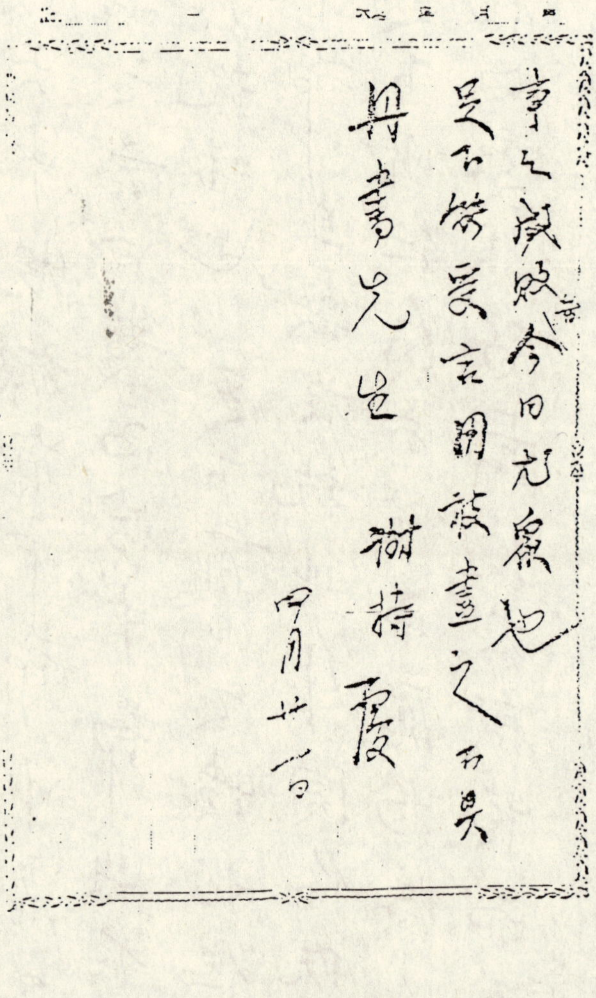
事之成败今日尤急也
足下勞瘁言明散盡之可矣
巽書先生　謝持覆
四月廿一日

十九日手书奉悉　中山
先生起病消息及　左右织件皆登上
海各报，当特具一缄告　左右　至十九
日尚未收到，殊可怪也。今将　手书
钞转寄上海居正侍要孙，并非　左（十九日之书寄与月并付去）
右之意。急以前日得上海电，另出专传
近时所分电，足下与精卫不识在否
今日又接上海电云：另出专哲摘印

年　月　日

第　號

霈兄：商又有前日之電報發左右，其[illegible]
來手電，今以微道之，又上海電來，為
撥款千元為匯，此之下係辦理別[illegible]
乃用已着人去電匯，然無英文住址，
不識能得到否也。[illegible]復，即頌
近佳。
[illegible]內[illegible]均此。
持　上
三月廿二日

年　月　日

2.

戴還三十元已備否
明日熹收林扁此歸
再畫見些持之日
廿五夜六時
方岸

中華民國五年五月十三日 起

覆何飛雄書

飛雄先生執事：得惠書，敬悉雅意注重國家前途，尤所佩紉。疑說會本議事之而演衛哭，誰不慨然，不肖至今猶耿耿於心也。惟來牘希望吾儕宜從好交誼，共扶危局，不可再與劉君有所衛哭之覆云云，玩其語意所在，不肖有不能不略述梗概，以瀆清聽者。嘗日足下旁神熱心招待，平平一腔希望前途光明之意，與不肖具有同心。劉君大同入場之情狀，足下嘗親見之，實係先有反對政見，表明其將搗亂之者也。不肖與王保殷、汝耕諸人亟覓人勸解沮止，而陶開會，使大同來欲隱至辭者既聽。不肖報告嘗能釋縱，惟其辭也，故聞所未聞，遂至激成衛哭，尤不幸者與大同衛哭之

人適出自中華革命黨耳　大同本中華革命黨任東
三省支部長職務因事齟齬即肆行破壞然昧嘗與之
較也　總觀會之所起本由　中山先生決定聯合各派而設
不肖以此意向諸同志然後由諸同志發起而大同不悉內裏
以為此必中華革命黨之事故先挾成見而來不然則於函
前已具函書投之會所何為先醉而後入場耶　惟毆
大同者亦屬非是既於外人之職務而侮彼所極復使同
者無為不肖無狀深膺背日臨時幹事既不能勸解
大同消滅之意見復不能制止鬥毆雖挺身救護而事已無
及致使大眾為之不歡所為至今猶耿耿也不肖秉性純樸過
者皆之從無挾個人意見誤始誤大局之舉　惟好以律己
者律人失於過察時思有以易之　足下雖未熟識相知

12 青山三河屋製

今觀
手書其憂深思遠愛國勸善之誠意溢於行間故敢畧披瀝如此非旦夕調和結合所賴誠同志并力為之若不肯發拜嘉言勉所不逮尚望時々錫之以言至大同有不舒服之處乃事勢使然
足下能指其過而又寬慰之想亦不難盡反前日之所為而計國家前途之事也不盡意此復

即頌

籌安

謝持

五月十三日

覆黄秋士兄

昨日及今日之函,棧均悉。此間情形,萬辦不到(足下既決定為圖數十元之路費,當為設法,且此間當量入為出,能省一層,尚難維長此繼續也)。不肯如不欲為,而無鋪兩字實所難也。且內地情形既如大旱之望雨,即有款亦當先其所急,此等其處甚足下之所不必待而有之矣之也。此覆

秋士先生

持

十八日

12 青山三河屋製

3F4/41.12 財一之 稿一3

復蔡少煌函

惠書並以遷居故未即答自中山先生逝世以
一切業經收束矣惟轉寄信件 匡小說決還圖書
書之之款費尚不能籌行期定時請示知便宜備
也

少煌先生

持白

十六日

霞轩转五表

干五兄台 前接来电查询由某处转十一日电已悉
接到并询与某机关有无关系，嘱毋再欺遮霞并谓律绝
粮数日筹议其时致霞一电请勿动辄依赖外人计已达
览前日某处的万电转交本部比时某处且记足下别
有一电询手镜五百枝事而来的此电出亦於那不肯归来
亦发一电以转电今日收到云云告足下计亦达览矣惟
足下所说与某机关有无关系速覆，无再欺一语令人不
知为意所在，盖此等言语的累很副的极能乃於事有益
不特对国家前途损失不勘，且以办法而论，即使本部
与某机关有关系亦不能由在外觉负致贱负隐意轻於
交涉也。不肖为此言者，以推足下之意，殆若有关系便将

出於何之辨法故也，至五百支手槍為究竟，足下與外人所言之內幕若何，望詳悉見告。中山先生已於四月來還上海，前日得電便特去矣。足下何日能抵天津，望對於北方事宜多作詳識，不肖祈得足下電時頗為失望，蓋未能一識也。吳慎之為京時在津生豫假二十元之請，由茅處措借予也。有款則催持之費，當能匯解寄此佈，即頌
近安

謝持 啟
十九日

致民國日報社鑒

啟者廣東支部長伍以坡君為黨中健者刻因事返粵路經申江擬在滬上句留數日特為介紹於貴社萬一有事務待商希即妥為接洽是荷特佈

民國日報社公鑒并候

撰安

謝持啟

青月十九日

12 青山三河屋製

霞郭乃丞惠鑒：

報告已悉。但吳興權駐鄭家屯所部共有隊若干，馬驥若干，分駐地點、鄰處每處分配兵隊若干，其編制如何，陳錫武為該旅幫統，實帶兵若干，有無缺兵，是否駐遼源縣，查足下報告皆未叙明，本部無從核辦。又陳錫武決心奉義，其同事誰人能否幫助（陳錫武為該旅幫統，則尚有前旅中旅等軍隊否），以上各節，希於回信日速為查明惠覆，並將足下所據以斷為確實之理由詳細報告。以觀於前次電報張作霖事，恐足下以熱心之故，不及細察，且將事太易也。特覆

乃丞同志足下執事

謝持啟
書十九日

复吴慎之函

慎之兄执事两读手书洪同志自备旅费不辞
劳瘁奔依甚为可佩吾有同志咸冒艰险以任党之
事而本部及以上匝目之请封先洪同志专心努力一致
进行则同奠基则洪同志之功不在禹下也此后
即颂
行安

谢持
十九日

12 青山三河屋製

13

覆廖丹書函

丹書兄鑒：昨日接先及保定軍官學生代表諸君公函及足下致吾旨之牘，並所附復於查明之件，一一悉矣。即於昨日職寫上海呈中山先生核辦矣。數日前足下電詢中山先生是否疑施，亦肯以詭有函通知，請以後報先直寄上海，勿未再復電報。中山先生惟主張聯絡各派，而統一之以收一致進行之效。蓋恐武党長此內訌，不講對外，但求能求嫺恤復政，被賊人利用故也。若報章所傳解散本党之說，則為傳者之訛，而取消本黨所定革命旗幟，改用五色國旗，以示護國軍一律，而表示實行聯合之事則有之也。足下在津，望體此旨，而與民党各派力圖聯絡，至為本党盡力。諸人尤望虛心接洽，相輔相助，乃能於大局於進行有益。而尤所期望者，則希足下注意於軍界，以學堂不同及所學之地內外因而分畛域之事，萬一有此，至禍中於國家。前日臨別時諄諄與兄言

者蓋由此也。餘不具

即頌

近安

復弼漢兄同此

謝持

五月廿日

再啟　虞臣銘勳

將封鐵道得兩電，此即由（電不復一函）轉上海，此間並款應足

下之求，待得諒覆再奉告也。不及

12　青山三河屋製

致飛行機學校諸同志書

前日胡君還東京交來諸君致本部公函藉悉一切飛機時時修理頗勞練習況人多機少則不便尤多將來期滿而學未成殊非吾人所志來函所求一勞永逸辦法極有見地夏重民先生來飛行場詳與商酌一切至工人之居住及食費所用有限如無因此生出藉口之虞可由公家担任但須申明此為特特別辦法究竟宜否如此之特重民君到時與坂本先生晤商後決之東京新聞記載諸君之勤奮頗稱許不置以諸君以此嘉譽匪但本部慶幸即國人亦有光彩也惟望諸君益加努力飲食起居及操演練作業時處處皆發揮親睦團結之精神則外人尤不敢輕視也專此奉復 即頌

子謙

總務部公函

謝持

青廿一日

陳靜生
馬超俊
胡漢賢
鄒作賓
劉季謀
丁傑
李敬耀
緒李文鎧
曾魁漢

諸同志先生公鑒

12 青山三河屋製

覆趙輯五書

輯五兄鑒：前日寄一書，頗以唐哭為歉。昨接催款之電，此間昔曾以應日內或寄小款備維持杭州之用，如昨函詳詳箋。十四日發已即將原函轉寄上海（以後緘不直接寄上海，由日本郵政交上海法界薩坡賽路十四號山田純三郎收轉）內加封，始寫中山先生覘。惟通信處宜秘，勿告人。仲愷、季陶皆隨先生歸去矣。查近下十日由某機關轉來之電，謂運籌已於九日起程赴滬，是於運籌已出發後之第三日乃發電。如今十四日來書又謂於陽起程之前三時，劉提三同上海函約運籌赴山西收，運籌未往，嘗以少坪代往云云。似此期日不符，則報告乃情傳說，何處徵信耶？又李君之報告未接到，以後宜多發短箋為要。此覆，即頌

近佳

洪同志均此

謝持

五月廿一日

再者前議謂即使本部與某機關有關係亦不能由黨外黨員或
職員隨便輕行交涉等語其界限係專指某機關而言（如來電
詢有無關係及設法籌款等事）若在津之司令參謀等 足下如有需
彼幫助之處可由個人與之交涉不必牽及本部或彼之上級機關
蓋無論如何只能作為個人之幫助不能認為政府之幫助也惟
足下與之有交涉時務宜申明須由足下報告本部請中山先生裁
決認可始能作為正式設法（如購械借款等事若臨時借械及託其
保護送信救人等不在此限也例如提之籌運在北京時之事）如此辦理則
無弊且免人議吾國人辦事無條理也但凡與外人交涉不宜輕
易開口 足下之不即與岩倉池部言借款借械頗見斟酌極可佩
服津隨時亦如此慎重則善矣 持又及
青廿日

12 青山三河屋製

覆贾铸英书

铸英同志：此次君等负责返国，本部之意原在从根本多布种子，不主速动，已为君等明白道及。今观报告，董耕云诸同志正在联络两旅团长，不能运动，只联络若干中下级军官之故，恐发难亦能持久之之，此不易之道也。现在之计，仍以切实联络为主，万不可托为举事。既决定目前不能举事，祇注意联络，则外交及匪方接洽，当可停缓（当本部决定发动时，外交及匪方面宜自有办法）。至设机关一层，亦可不必，盖有机关则与人以目标也。请即以此旨转达内地为盼，即颂党祺

谢持 二月二十日

前与足下晤面时，仍询周权行踪，足下以已赴哈尔滨答，其时我实已有所闻周权尚在日本，故探询于足下。及闻足下言，恐传言不确。今查得周权与足下皆住帆候馆，足下何故欺我？得非两君故致要不许？今足下与周君又如此，祇好付之一叹。

覆席張兩君電（須譯別字）
頃中山先生電收容學生事停止辦理特開特議　廿三日發

覆趙理卿電一件
英士先生十八日午后被害昨日請停辦學生事及前日匯寄之二百元兩電達否
廿四日午前十時發

發夏重民電
ヨージセニダカラスクトーキヨカヘレ
今日午時　林

覆趙撰卿書

韓五兄：十二日之手書接悉。學生事已託儂電緘，計已入覽。今日又得中山先生電云：學生可暫擱，即還安商云云。款難，前日匯二百，維持日用而已，非足下此機，又有電來復款不匯之說，請從前日復書便已了然。已下十日之電至十七日始收到，十三日之電十六日始收到，其時即覆一電，計日亦須十八日乃能達天津，何時緘（十七日發）并以此見責也。現在又收來書，特寄上海矣。一聽中山先生取決（不日當）留此，祇可承持於此，本年復即頌近履

持頓首　十月廿五日

外附黨部印發中山先生宣言數紙

12 青山三河屋製

霞庵丹書同鑒

丹書兄 十九日手書 奉悉以中山先生赴滬消息及左右擬件直寄上海辦法嘗特具一緘奉告左右至十九日尚未收到殊可怪也今得手書仍指寄海（十九日子敬及周君所囑者）無更瞭然於左右之意急前日得上海電學生已停止比時即分電速下与轉達不識達否今日又接上海電云學生多皆擱印歸還粵商以有前日之電故也左右吳叔殊可再電令以鄉道之又上海電索撥款已允嚼匯速下作辦理別事之用已著人去電匯强無之矣文件誠不識辦得到否也商後即頌

近佳

洪日先均此

持 五月廿五

覆席正銘電

電寄無款請暫緩收容已轉上海電告者

12 青山三河屋製

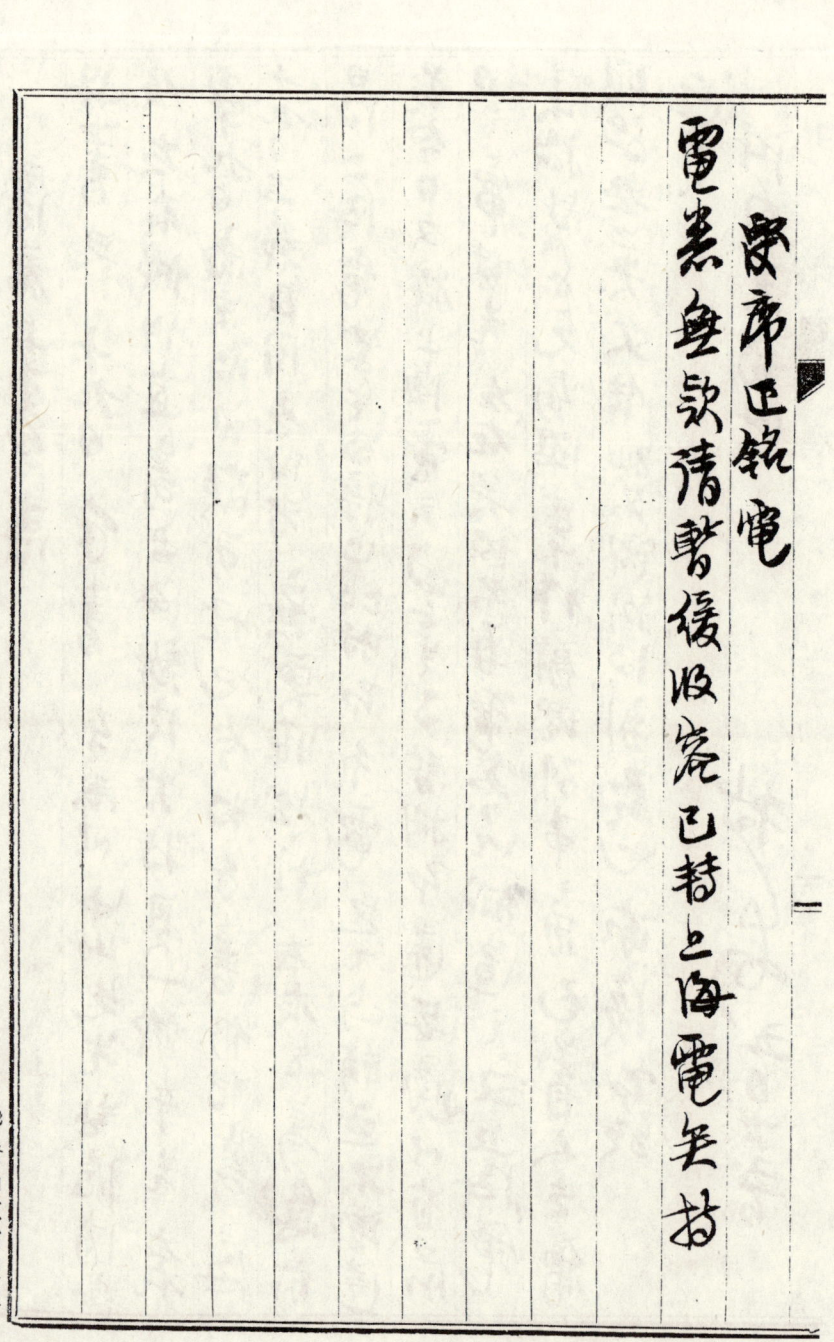

致廖丹書電一件

昨日粟匯千元，不日可到，希查收。持宥

二十七日午前九時發

覆居正電

電悉。我軍既得濰縣，直撲濟南，進搗燕京，皆賴敬拜執事及洪門志士之努力。廖圖今昨日首

勉青。持沁

二十七日午後七時發

致居正電

先生已到青島否？昨復。持儉

二十八日午前十時發

12 青山三河

致上海電一件

滬孫電索軍用票當如何辦理速覆持

二十九日午前十一時發

致居正電

山科日步槍二千挺但每挺祇有彈千發止須現金隨到有款到速覆持卅日

三十日午前九時發

覆居正電

電悉查已印鈔票有中央銀行字樣業電滬詢洽矣又山科步鎗現在每挺可配彈二百發持卅一

三十一日午後一時發

叟席正銘電

先生現住上海此叟持東

六月一日叟

叟居正電

銃係三十年式每挺廿八円彈一粒十二錢運費

在外現有二百廿挺彈五十萬昨日見樣鑲需

好别有二千挺彈二十万朝鮮有二千挺彈四十万

但同皆索現金皆以款即運山科來商比即

促渠直電萱野一面磋商先交若干以便此

昨白事持冬

六月初二日午後二時發

12 青山三河屋製

(18)　究5乙百

覆杨寿彭书

寿彭先生执事：电悉。前日奉到手书，当即将
承嘱转告中山先生，请予裁夺，以中山先生离
上海后，此间不能填发委状也。又一面裁夺覆
左右说明情形。今日得电，始知此缄未达，并劳
频电，歉歉。只以区区用心之苦，竟致迟迟未报。今收
向邮局追查之前日之覆书矣。致祥君记录
以后寄来书，当照来示办理。手此奉覆，不具。
即颂
近佳
致祥君及沈同志同此

谢持　六月二日

39.7/30

1220 晋 廿五日

陈辰近电

谨已直电善处军要维大局用云云志

不挠　文

晋午发三日发

12 青山三河屋

P.24.

稿之2

覆張魯泉書

魯泉先生執事：六月二日接前惠兩書，昨日又接次書，具言之悉，愛國而維持調護之盛心，極所欽佩。山東縱淪之極，吾黨能於此抗敵之時，其責任當重於魯省，而敵人必出全力以爭旦夕之命，故軍事上之佈於危，當此之時，上下敵之際，實可復有因畏者是要，且欲使此際一切識見遠慮深者也。惟來牋記先生擬於中華革命黨宣言文此稍涉於張氣蕩，先生力謀與各派爲同一之進行，故不惜有所犧，予實是見通之[illegible]一變局，而中華革命黨知來有以[illegible]，實免派之能至排識合爲一致，至在實際上觀察之，若一又曰：先生知中華革命軍與護國軍固無所軒

军-3-128

中華革命軍為護國軍也，故護國軍為中華革命軍
也。一也，不能以孰前孰後論也。今尤有注意者，
護國軍是否皆統一者，姑無論全國，即以山東而
據來書，青島已設機關七八處，各不相謀，故愚
以為稱名派而統一之，乃今日至切不可稍緩之首
要。至於求之實際，若認一去中華革命軍之名而使統
轄一切者，未免遠於事實之所適矣。是以為何如？
軍之稱名，不過戰時之徽圖識，伏謀戰即當罷。此時
有中華民國，無論何軍，皆不能私擁一名矣。足
直而誠，不負糧，家不棄，故致徹於統而盡之之
非足者不肯，斷不敢。然其甚當群之明顯之時，
言之無益而反令亂也。故想古來民根本實踐

12 青山三河

着其中印遇拂意之处亦千方百计反之但为现在局面所不能免之事则伯先於徐君瑞佑慎昌朱昌朱实地徐君之功自不可没但其先之责（如证以想护国军被摧之故诿过张毅云）恐为定如此以第度之必尚有他故然后已至此又不堪遽惑（久欲一游青岛藉之与大洲之力与山东诸志士结而因为其主义既今当道上海者能赫眼者之亦知报馆已俱乡执诸君者更不伏处隐名则图入中野而不期早沉辛何如之复暑时为图于如与大洲为民邓洪君通感辛代致意

徐瑞书君尤叹慰之

班麟书君已返青岛已晓面托渠於前日以

P.38

不肯泥呈下先渠云不肯与渠有意见冲突之处

业后裁解之时之于晤面时再为解释　衣虔

另附抄局　上旨

静菴想念之也广堂张同志皆属附笔

请安

12 青山三

P.31

1395/51.38

党七 支

孜席兄：書奉悉

弟書已遲于前日作書具達，方以

先遣接自大連東電，擬復安可大、安

迷惘又發（原今也）（大連電到即復一電乃

迅回此三叉不得也）昨又奉示悉（後查）天津

此間因之異常，一時義難從命，昨到江

特設法不使已決於十左右（壽）自當

約內左右措置也，此後不令外間

時局

静一

首頓

疏通乃設將三人為特使通去約法之拘束以諮詢案提出國會所以必諮詢國會者蓋經國會否決之人非經國會通過不能得外交上之信用也昨日（禮拜六）眾議院開會（禮拜四開會不足法定人數）同意案（出席三百三十餘人投票者三百廿七人）先生以三百十三票同意任先生以二百八十餘票同意諮詢案兩院皆通過但參院由

委員申明全權特使係贊助全權大使者又此次政府派遣何項代表不得援此次特使為例眾院多數聲明則素之知也議員中大不滿意於儒堂處疇諮詢案之通過乃委曲還就謀政府國會之融和不然亦哉遭否認矣。總代表上海議和同意案季龍所提出者禮拜二持赴參院投同意票及返軍府則會議已散竟經政務會議取消護法政府案則先電季龍退席後李印泉陳强郭椒生徵各省意見舉持前禮拜四所力爭者對

冷雨秋及樹最甚
諸東流而今又異勢矣昨日兩院以三讀會
總代表須國會同意今代表違反護法由總代表請政府撤換之
將派遣代表條例通過而護法政府則早
已由外交部令羅誠照會各國領事矣此
老博士於十六日所核行者也現在各方既通可
將錯就錯假去維繫伍之重視國會前禮拜
四昨禮拜二伍皆主張承認國會議決固可
敬也乃以此事錯誤見於樽雲居決之後其

激刺可知矣。競存又來電辭，已覆電慰留
滄伯於十八日復職視事，惟錦帆必欲摧殘
異己也。旋晤述之。先是國會咨文達府，伍氏批
司備文並會（文備且擬稿咨文）及（前禮拜四）十六日政務會議爭辯，未得結果，
議暫緩辦，而伍則忘其批司之令，未及中止。
禮拜二議決電徵名流意見，伍亦忘之。昨禮
拜四（廿三日）例會，郭標本由日領事館抄得公文，當
衆查問伍氏父子，皆答無之。會散，猶查得為

石顏黃盧各部殊可歎也昨日持与潘士

遂謁西林擬據重慶聯軍會議所定七

師次序仍由政府命令發表西林答云待

電詢唐蓂賡得覆確答後即可照辦持

來結果正不可知也

先生有以教之敬頌

鈞安 謝持鞠躬

一月廿六日

（民七年）

永寧黄總司令盧副司令并轉石招討使夏宣慰使鑒申
密昨讀諸公致大元帥國會蒸電注重聯合會議舉持代表公忠
可佩惟該會議不能成立往月銑日持與盧伯琅曾通電川滇黔各軍
~~請求◯負擔~~
請根本取銷（計達省覽）時歷一月應再詳陳去年中山先生電商唐陸協
和從之發起西南會議聯合會議意在統一軍事輔助軍府桂系軍
人不肖政府容[redacted]乃謀藉此推倒軍府最初議定聯合條例[redacted]

九條電令各省承認其中某條但曰聯合會議組織條例另定[illegible]并一面推舉議和外交總代表陰謀未著[illegible]故贊成者多迨一月卅日廷由某粵督提出組織條例七條其組織完全國家最高機關其職權則總攬立法行政協和為川滇黔代表早得消息遂不出席湘代表不贊成莫榮新竟[illegible]電各省称組織條例[illegible]經會議決排議令各省當局同意實行并援據前九條規定舉行宣誓聯名布告[illegible]提反對沸騰湘軍拒絕宣誓領事斥為南方背軍團伍廷芳被國會追問不敢認該會議外交總代表職現在有人調停擬以該會議[illegible]隸轄軍府而改軍府為若干總裁合議制然由[illegible]提出之[illegible]法改組[illegible]由[illegible]對[illegible]閒

莫督已電各省暫緩進行此聯合會議經過情形也
然軍府改組實非妥善辦法諸公可否協商
錦帆擁護軍府對於改組表示反對幸也哉酌速復文
錦帆復電務派協和代表係得諸公同意今諸公舉持得毋衛哭
滬伯已還滬致道長江返川前持代理軍府权書長已交
代樹閣谢持叩

先生鑒 達教候忽踰月不審起居如何也

念此間以不派代表為失計者頗衆 持每有所

聞輙加理解說者亦以為然惟廣間紙登少川

定期返粵電報當注意耳 臨別時承

囑某事抵粵既與覺生言又為同人中有是

主張者說明其不可矣現在影響已不在副覺生

還上海 先生亦與渠論及此否滄伯未知已達重慶否競生來但述重氏談話謂已到究竟不識次何陝西既推于右任張鈁總副司令而陝粵消息概由駐滬代表張立卿君傳達右任對於 先生本極敬重惟因 先生不信任渠故避嫌自遠昨日焦易堂爲持 言業由易堂解釋而 先生特加禮於右任適軍府改組而止然易君已將此意達於渠矣 持之愚見以爲 先生宜專電賀舉右任

于張通電係軍府各總裁、先生未就職，故宜另電慶之或、

若電不便則具緘交張立卿可也

并厚遇張立卿 住寶康里某號 蜀電另有緘 燕容并包之量

不可忽也幸

詧示覆第一 即頌

鈞安 謝持

八月三十日

先生
監 久不奉書未審 [illegible]
起居如何極念頃者季龍將返上海就
先生商酌一切問題惟時邀 持出任司法次長
代理部務并代其出席政務會議責任重大
實懼弗勝故嘗商子超急電
先生請電留季龍勿聽其去以季龍所表示皆
去而不返之行動也今季龍行期決矣昨日持始
次長職
受職啟季龍還粵之期則謂由上海徑見

先生後然繼決定　持法律學頗瞭解惟頗魯司法行政毫無經驗而國內議和既成事實雖軍府不事發展之計畫然大局安危及川陝閩成敗皆爭於此呼吸之間　持自敢斷難勝任務望促季龍於所商諸件議定後仍返廣州得言及同人非難為任事者不可免之情事也季龍嘗謂徐世昌覬覦總統觀目前大勢終恐成為事實渠決不涉其旁此亦季龍之志也當此殘棋敗局之時在軍府中宜取何態度應有

何種具體主張也
明白指示專此肅陳乞
鑒覆不盡 敬請
鈞安 謝持謹啓
八年一月十六日

先生鈞鑒　前書達。覽否　頃得季龍儼暨承齊面談悉胃病復作　極念　近已愈否　國會議決上海議和條例　政務會議以為不便（六總裁并參謀部長共為七揆）若六人主張　執行者　持　一人而已　第一次會議不能決　鄒椿森欲以多數制　持　而不為動　蓋鄒趙冷皆欲從根本推翻此事也　最後由　持　擬言

埽雲亟欲以梁潤生為外交部次長閣部詳述承齊為持備言梁某之壞子超与吳稚亦赴部譬告今閣西林拒絕簽名也

蔣伯器晤吳
補兩人疏通
吳補佛徽
持出室務難
行者多變
議則可推翻
前案則不能

司法部用箋

第　頁

意已甚。張人與兩院疏通第二次會議（梵任主席）相持為
前。自四點半鐘至八點鐘始分甲乙兩主張簽名（林虎、冷遹及趙藩五人）
表決。甲仍持一人，乙則分兩種，一根本推翻，二指
定條文中礙難之處，交覆議，而兩種各得三（任梵、蔣吉黹、魏子浩）
人，於是梵伍中明為主席者左多得一議決
權加入第二說而會畢。此一月三十日事也。至於
昨日持狀允簽名，一因咨文中理由不合者依持

軍政府司法部用牋

説刪去 關於護法政府名義及和平條件之決定選舉須經國會同意等事 一因當申明者

依持説申明 如須代表證書有全權字樣代表無之區別甚明等語 一因總代表已

任事有日之理由充足 一因辦理合法 持自難

遏抗之也 然國會大半不能開會莫稽提出

廣東議和需要求條件有陳方所部軍部由

福建靖軍省長另行提案一條 伍梯雲照行告

持以桂人將用馬濟會辦廣東軍務消息

軍政府司法部用箋

現在秘中又有提議者，持必設詞難之。是伍帥商於持，謂當邀粵人之擾，由持難之，渠和之。此乃伍老滑頭之處，持則不敢也。季龍宜返粵也。

先生速之。持以川事擬赴上海一行，與川代表劉亞休君細討解決之道。季龍不還，持雖託藉不來。敬頌

大安

謝持鞠躬

中華民國八年二月五日

先生钧鑒：惠撥暨林煥廷兄轉遞尊旨兩書均未到。四川石穎、黃廬編師事，西林已電四川，未得覆，昨日又與西林商及何解決，尚不能定。但得青揚電，錦帆召集軍會事會議於成都，已定二月二十日開會。

青揚電云：德基張勉有意外撐動，擬托病不往，但錦帆事能決不實行。

交日前往，又得德基由遂寧來電，則似亦前往，而黃廬尚無電來，只此一事也。季龍來緘，謂溥泉以兄喪擬辭歐洲之行，如果辭，則季龍願往。昨日與西林、伍英言，皆同意，此一事也。軍府副官長張（四川人）

犀先生知其人此次來命赴川持等與之切
實商議且其人不過厚於西林而對於先生亦甚
敬仰與政學會無關係尚不得以西林私人目之前
日來詭求進見先生堅假以辭色於彥深屬
其中作用甚大也又馬濟會辦廣東軍務之說竟
無人提出探聞莫榮新出反對而褒勤海琛乃囑我
不必堅持此一事也安徽調陽人王芬育（潭惟萍楷人有公函上先生）死於上海甚（芬育）
子哲明犀一母四弟不能自存皖同志屬持函請
先生略為資給此一事也先生赴歐費用不尚嘗
（與吳永珊兩人名）嘗電瓊伯錦帆囑籌匯四萬元今尚無復電昨季龍

来缄谓拨于上海银行先借来用玉亭现在上海
可由精卫与玉亭商之此一事也余别叙
专佈敬颂
钧安
谢持
二月十六日
景渠天坤季陶静江焕庭诸兄同此

三月十日各總裁各代表政務會議議事日程

一錢能訓電會議延滯中央不能任咎案　痛駁宣布

一唐總代表電告近日情形案　備攷

一李代表述䳄電陝事危急請勿示弱案　函覆

一參謀部咨作戰計劃仍查照前提二案採擇施行案　備攷

一報告各處來電案

收錢　陳炯明廣電依照李純五條辦

請提出又敦李厚基送來答覆稿

示覆代　決電廣總代表　由謝持提出

優
交總務廳
核议
俟段稿案
概咨陆军
新田
交陆部
備案
交陆部
交陆部

三月十七日第五十九次政務會議議事日程

一上海各會代表徐紹楨等電告劉人熙病故請予國葬
并隆禮優卹案
一福建林督軍電請轉令潮梅籌餉局自本年三月起
於伍旅餉内劃出二萬元由三十九團直接具領案
一唐總裁電據王天縱請獎叙立功人員案
一海軍部咨送程故總長之家族履歷案
一莫督軍電據魏邦平請補吳飛等實官并給予
勳章案
一熊督軍續陳中級官佐銜名請補授實官案

衛戍總裁電 峯交陸部

通緝

緩議

准

緩議

令四川省 禁止

一王總司令天縱電呈得力人員請補授實官案

一瓊關王監督呈報前任張學璟蓄意捲逃可否

准予通緝案

收時李根源等咨請為叛逆張照雷案

一湖南代理高等審檢廳職務委員案

一薦任成都地方審檢廳兩長案

一大理院推事某某以為右

一大理院組織條例案

一令四川督軍省長禁止各縣團保擅捕

擅殺肆擄縱賊案

成都熊督軍鑒已下真電閱悉一誤再誤不能不告須知潼
氏鑒電係李耀漢陳炳焜主稿要潼氏拍發無律不識字道覺　愚弄
向不滿意故李陳乃利用此次陳北蠲滑稽劇原李陳誤解潼與軍　誤謂
府不和又疑和議軍府係極庭陳不滿遂謀乘機發難推翻軍　梗沮和議
府改造粵局恢復自身督軍省長之地位並見將於潼與北庭乃　且冀
遣人以訪謀通款要求巨款北庭因潼氏表示無信於是　比　與北　殊　冰
鑒電又法北之庭撤回代表破壞和議誤認單獨媾和之成功耶　矣　亦即自表　端
原札此李陳阮籍鑒電騙乃北庭現款廿萬乃國秘密軍为諸行

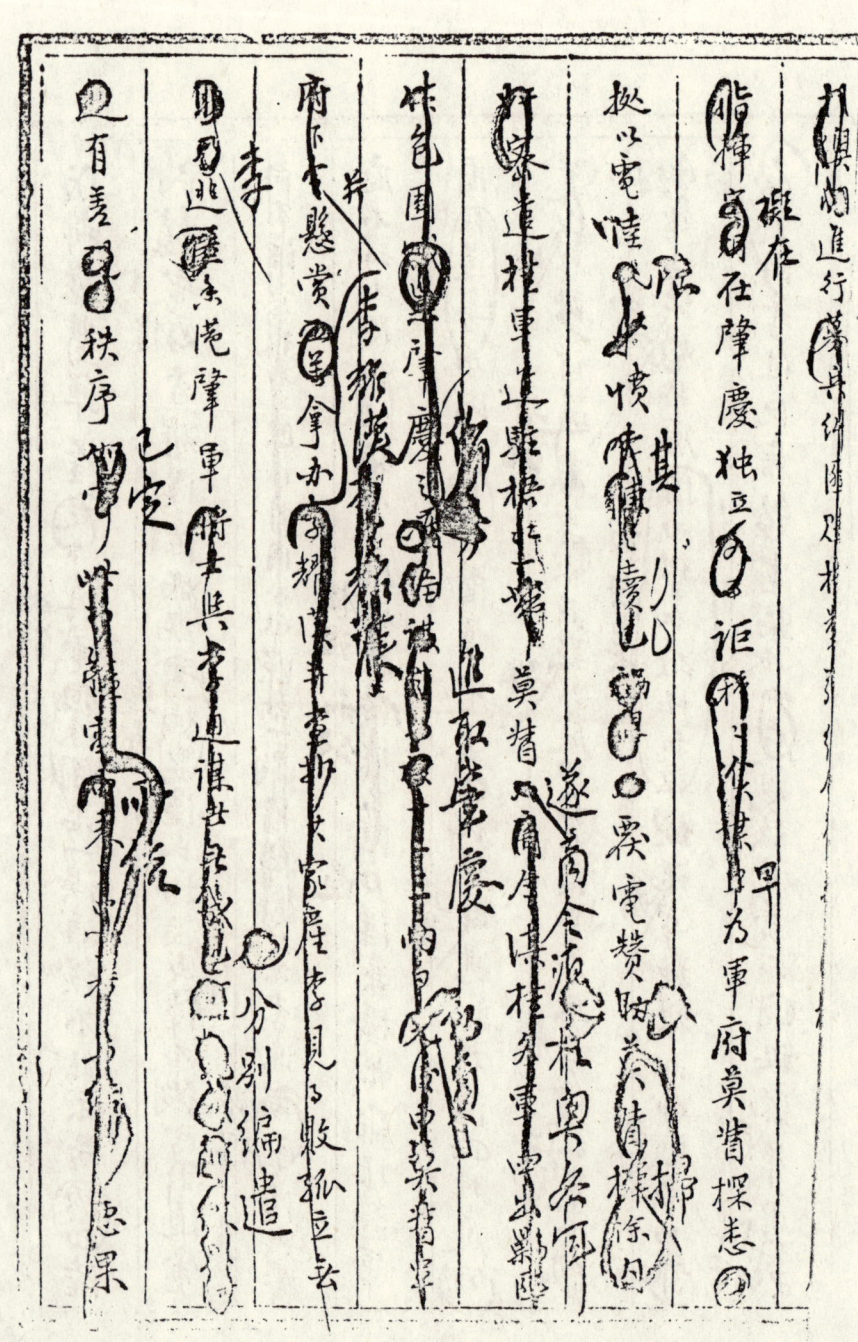

……進行……

擬在肇慶独立，詎……為軍府莫肯採恙

擬以電……隱……其……電費……掃除

……進……莫肯，遂……

……進取肇慶

府下……懸賞……拿办……李見乃敗孤立云

李……進……肇軍……李……分別編遣

……有……秩序已定……患界

有楚成共，乃北方军 [illegible]

鄂西南各将军暨各人民团体 [illegible] 陆氏皓电 [illegible]

[illegible] 不知是否耶 [illegible] 乃

陆氏不有通电 [illegible] 主张联络 [illegible]

[illegible] 西南 [illegible] 而 [illegible]

下明示於和会外别和解决时局方法 [illegible] 指

中西南团体直接合以资维系，现在国中纠纷，迟延不定，识

宜高瞻远 [illegible] 同进行 [illegible] 语不谓 [illegible] 远 [illegible]

电妄为揣测，岂非与陆氏此见 [illegible] 纷纷 [illegible] 电 [illegible] 称 [illegible]

[illegible] 词命意已非陆氏本意 [illegible] 之 [illegible] 附 [illegible] 本加 [illegible] 成 [illegible] 光

属殊不可解。[illegible] 和议停顿，时局混沌已达极点，往往今日演出之政象，

明日则 [illegible] 苍狗 [illegible] 都非吾 [illegible] 僻处一隅，见闻较迟，凡有主张 [illegible] 尤

宜审慎。足下现处地位乃护法团体之一员，一言一动，大之关时局
之安危，小之系川人之颜面，纵使足下一身名誉可得丧已也，设不
幸真电表暴于外，素难结契者今对外发表，借以自解，而令吾人
用袁逆再起之言于某报注意者
敌对足下注意者，必以难塞攻击之口，坐失足下之影响，仿蒙宥纳，亟将
谓足播袁而自陷于不义以自杀也。忠告逆耳之言，幸为纳用，于
大局川局之幸
足下前途之成就，未始不无小补。专此，敬颂
驻粤四川参众两院议员全体
即叩
敬佩

搁晓後果得中山先生西渡电以前之临时总揽办
法
搁晓後随即补电（中山先生未西渡电以前）公推一人暂时摄理行
电稿之办法 赞成者各派全权代表赴万县会同酌拟
电稿酌定後即由万县拍发其会集日期
派人赴禹九补五处之办法 先专一妥人将中山先
生之信送去并由左班锡卿各写一信递谢之
通信之办法

天

6.17、	2000.00	港	
〃20、	3000.00	港	林
7.13、	2000.00	港	[illegible]容、孫手取回 由孫給据
〃〃、	114000.00	省	孫手取回 由孫給据
〃15、	3000.00	省	同
〃29、	44000.00	港	趙植之交來据云前匯送六千元到永興成五萬 此款未要先生收據
8.9、	20000.00	港	趙植之交孫匯省 先生兼收據手續完缺

〃22日	400.00	香
〃〃	80.00	(1)黎30 (3)潜20 (2)雨30
〃〃	100.00	湛
〃23.晨	160.00	议 黄汪周彭
〃〃.晨	120.00	(1)湛 100- (2)赠物 20
〃24.晨	54.00	潜返回路费
〃27.晨	23.00	(1)西贡 [illegible] 港18元 (2)[illegible]5元
〃28.	15.00	由埔赴港船费
〃29.港	[illegible].00	(1)[illegible]60 (2)向荣10 (3)滨10 (4)[illegible]20
〃27.	3.00	赠物
	10[illegible].00	28[illegible].00
〃30.	40.00	去占议
〃〃	35.00	(1)[illegible]邮票[illegible] (2)[illegible]30.00
〃〃	20.00	(1)湘芸15 (2)[illegible]5
〃〃	5025.00	(1)埔[illegible]00. (2)滨10 楚15.
	5120.00	7960.00

六月共支出		7960.00
七、1、	10.00	醒寰
〃 2、	10.00	醒赴埔路
〃 3、	75.00	(1)吴路10 (2)良路50 (3)桐路5 (4)杂记10
〃 〃	15.40	(1)雨寰5 (2)衣7 (3)赠物3.40
〃 4、	5.00	稚寰
〃 4、	退来200.00	晨被用300 故退200
〃 〃	缘田 900.00	人任多付出尹醒漾路费另有帐路
〃 〃	笔告 220.00	(1)吴任之100、(2)杨锡梅100、(3)阎同志20
〃 〃	补 219.70	(1)徐菜肩100 (2)萧炳章100 (3)杂用19.70
〃 〃	20.00	(1)卓文和赴埔路10 (2)钟汉10
〃 5、	26.80	(5)赠物1.80 (1)兴汉赴埔路10 (2)醒寰5.0 (3)前日交文蔚带钟汉10
〃 6、	20.00	醒、苏赴埔路费
7	17.00	诗实
	900.00	家100
	1038.90	8998.90

帳

六千元、未入

祿黄、送萬

六月七号、

7.7、	30.00	(1) 祿 20 (2) 祿赴埔旅10
〃 〃、	14.00	(1) 祿零欠 [redacted] (2) 購物7
〃 8、	13.50	横旅费
〃 8、	3.50	醒旅费
〃 8、	~~20~~5.00	(1) 良赴省路10 (2) 雨、埔路 [redacted]
〃 9、	25.00	海山及王作賓路费
〃 〃	40.00	補餘、王性議员
〃 11、	60.00	(1) 王作賓30、(2) 海赴省10、(3) 寄碛20、海
〃 12	10.00	(1) 祿赴5 (2) 醒赴5
〃 〃	40.00	吴光國路费
〃 13、	37.50	(1) 祿 20 (2) 燎箱17.50
〃 〃	300.00	朱、錮、斌
〃 14、	40000.00	屈潭
〃 〃、	280.00	蘭軒路
〃 〃	25.00	(1) 尹省路10、(2) 湘芸10、(3) 湖5、
	40903.50	49899.50

7.14、	30.00	国费每万7.50
〃15	200.00	议员
〃〃	20.00	赞元旅15零5
〃〃	80.00	(1)龚樊雨路60 (2)方子推20
〃16、	23.00	(1)滨13 (2)尹10 修
〃〃	20.00	湘芸、旅
〃17、	27.00	(1)醒寃10(2)坤9、(3)烟箱8
〃〃	500.00	展钦交莫芳
〃〃	25.00	(1)赏华洋工人5 (2)季辰钱借20
〃18、	6000.00	交坚用寄明查
〃〃	500.00	(1)楼柳洗款400 (2)湘芸扣下100
〃〃	40.00	与值员人送信
〃〃	41.00	(1)火食20(2)良10 (3)续1(4)葬结10
〃〃	80.00	(1)议不结30 (2)马骧之子病50
〃〃	10.00	公费
二〃	7596.00	57495.40

7.19、	、	4000.00	交熙周寄昨查
〃 20	、	5000.00	由纪文手交黄德寄风老
〃 〃	、	60.00	刘克平、张、
〃 〃	、	20.00	徐超、
〃 〃	、	20.00	(1) 孙士贞 10 (2) 少炯 张 10
〃 21、	、	150.00	议员 梁、张、诸、吕、杨、大实、
〃 〃	、	10.00	醒、路
〃 〃	、	40.00	黄元佶、锡卿、路
〃 22、	、	1000.00	卓文（在王棠支）
〃 〃		10.00	(1) 鏵青 (2) 仲良 零
〃 〃	、	1000.00	伯麟、徐文堂 古秋交
〃 〃	、	500.00	戴铭、同
〃 〃	、	16.00	(1) 宪贵 6、 (2) 孙天 10
〃 22	、	1000.00	卓文 甘成 2000
〃 〃	.	1500.00	黄德　徐文去

植之 潜交去

锡卿 潜交去

锡卿

(1)王奇 100

(2)黄衍恺 10

盘潜钧

(1)植民吴贵 1500

(2)周保 1000

(1)元潢 300

(2)湘芸 298、

(1)石铭 20

(2)鹿大悲 40

(1)醒寒 5

(2)桂寒 5

何克夫、杨泽农等

吸卷、潘东等股

(1)锡卿 150

(2)醒寒 20

电费

(1)赞5 (2)蒋丁

(3)潜10、浩寒

(1)锡卿 150。

(2)廷燎 100。

七月廿五日廖湘芸支潜帑298元计算如下

湘芸从德统处领得四百元 廿三日应给莲统336元

内中前拨柳船费计148元又映波给校某官谭款

外补给二百卅八元合洋讫

大22、

〃〃

〃24、

〃〃

〃〃

〃25、

〃〃、

〃〃、

〃〃、

〃〃、

〃26、

〃〃、

〃〃、

〃27

〃27、

7.27.	、	130.00	(1)夏琴楸路50 (2)克议员50(3)志占30
〃〃	、	90.00	(1)祁超50 (2)黄策成40议员
〃〃	、	20000.00	交拯民、桂
〃28.	、	70.00	雷根成路、
〃〃	、	70.00	(1)丁士杰50 (2)钮秉坤20
〃〃	、	50.00	天乙
〃〃	、	10.00	(1)良、君5 (2)植、君5
〃29.	、	100.00	殷盤、路 领诚安
〃〃	、	50.00	(1)绍真20 (2)仲良30
〃30	、	42.40	醒给俱探、合毫洋50～（自船匯时）
〃29.	、	1000.00	拯民、振言悟旅
〃31.	、	10000.00	拯民 醒送船交
〃〃	、	120.00	(1)石欽50 (2)士杰、路70
〃〃	、	50.00	(1)湖赞、路各20 (2)吴秉尹、路10
〃〃	、	20000.00	匯軍艦

八月

8.1.	1000.00	錫卿
〃〃	40.00	(1)良根跷 30 (2)海首跷 10
〃〃	200.00	黄允斌、安钦兵士 (1)錫卿 200 (2)湖首跷 20
〃2	220.00	
〃〃	[redacted] 30.00	(1)潜、維衣、20、(2)水兵10
〃3.	200.00	(1)蔺轩100 (2)樵50 (3)杰50
〃〃	65.00	(1)黄、家、50 (2)绍真 10 (3)客5
〃〃	70.00	(1)哲士家50 (2)雷根跋跷、20
〃4.	120.00	(1)潜家 100 (2)黄首跷、20
〃〃	45.00	(1)海山 10 (2)美廷 35
〃〃	100.00	(1)大悲 50 (2)元箸 50
〃〃	120.00	議員[redacted]、鲁鱼、 庐宗北、劉赞元
〃5.	40.00	(1)非醒梧跷30 (2)黄允斌 10
〃〃	100.00	非孫维孚(1)薛50佩蒼 (2)立夫(3)孫30
〃〃	25.00	明給值探合毫洋50 (自触思讨)

8.	6.	、	1500.00	(1)軍艦500、文蘋送 (2)撫民1000、仰陆手
〃	7.	、	5000.00	匯寄軍艦
〃	〃	、	140.00	(1)锡卿100 (2)譚鴻任40、嵴高手
〃	〃	、	30.00	(1)绍真10 (2)贊肴路20
〃	8	、	210.00	(1)馬金麟200收郎贵 (2)黄允斌10
〃	〃	、	330.00	(1)锡卿300 (2)仲良梧路30
〃	〃	、	150.00	(1)朱廷燎100 (2)士杰50
〃	〃	、	20.00	(1)理贵宅贵10 (2)吴尹肴既10
〃	9.	、	20000.00	匯肴艦
〃	〃	、	100.00	(1)哲士50 (2)无箸50
〃	〃	、	30.00	(1)昨森20(信賤等用) (2)雨湖秃10
〃	〃	、	475.00	江董琴路此款可數
〃	〃	、	10.00	昨给筆民工資
〃	10	、	10000.00	匯沙面交党
〃	〃	、	100.00	(1)绍真施斌50 (2)慈宗用50

8.	10.	110.00	(1) 錫卿 20 (2) 湖 90 (賒 40, 借 50)
〃	11.	55.00	(1) 允斌路 50 (2) 醒灵 5
〃	11.	29.49	(1) 房費 22.50 (2) 電費 6.99
〃	12.	500.00	漢章豈庸及其他數人
〃	〃	300.00	錫卿錢
〃	〃	200.00	潛液 鐵

簪

7.17.	存 117000.00		省
〃20	〃 17500.00		港
〃22.	来港	3500.00	孙起全
〃24.	来港	6000.00	孙付盟
〃25.	来港	5500.00	孙 [illegible]1500 [illegible]3000 [illegible]1000
〃26.	来港	1500.00	孙 [illegible]1000 [illegible]500
〃27.	存港 4000.00		港
〃29.	存 31000.00		港 孙交玄.植 三万.我1000
〃〃	来港	1000.00	孙付极
〃31.	来港	10000.00	[illegible] 孙交极
8.1.	来港	15000.00	孙 [illegible]1000 [illegible]500
	港.[illegible]内存	23500.00	
8.6.	来港	1500.00	孙 [illegible]1000 [illegible]500
〃7.	来港	5000.00	孙理[illegible]
〃8	来港	500.00	孙[illegible]

8.10 耒港 11000^{00} (1)匪君 10000 (2)衣 1000

索

7.19.	1500.00	周继先汉
〃22.	来1500.00	孙超微

澤

6.26.	5000.00	叵交、埔去
7.29.	価5000.00	叵交、

澤另記

紀（澤）

6.某日27、	5000.00	埔 澤如
7.某日6、	16000.00	埔
〃某日10、	6000.00	初撥予昭屯後改為寄埔5000我用1000
〃11、	20000.00	埔
〃14、	15000.00	埔
〃18、	6000.00	昭屯
〃19、少俠送支票	4000.00	昭屯
〃20、	20000.00	昭屯5000 存15000
〃24、	6000.00	支票 拯
〃26、	20000.00	支二、(1)恩赫10000 (2)紀文10000 埔
8.9、	400.00	交我現、零

食

7.15	500.00	国璇借款、由棠交来	
〃 17、	200.00	于蓉、柳梧账	
〃 19	500.00	國璇借款	棠经手
〃 〃	1000.00	黄光漢	
〃 〃	1000.00	招公居	智兴经手
〃 〃	200.00	郭偉廷	
〃 〃	200.00	劉三泥	
〃 〃	200.00	孫光明	
〃 〃	200.00	杜靄棠	
〃 〃	200.00	李占桓	
〃 〃	200.00	林君卓	
〃 〃	200.00	歐陽姜	
〃 〃	200.00	歐陽行	
〃 〃	100.00	鍾星	
〃 〃	100.00	郭永康	

7.19、	200.00	李赦紋	智興
〃 21、	500.00	黄言荣	王棠
〃 〃	500.00	陳侠	
〃 28、	831.95	楊殷 係港洋千元、折滬紙数，以上	
8、2、	荷幣1095.00盾 滬港700.80	関漢光介紹張俊交 蘇厘柏板、三㖿吔分部	先生收條
〃 5、	324.30	南京船陳章任手交義捐 幣?	
〃 〃	58.50	陳[illegible]顯任手同上	
〃 〃、	30.79	俄國皇后船韋漢任手 同上	
〃 〃	叻毫13.40	完全同上	
〃 〃	166.24	加拿大皇后船數來 同上	
〃 〃	叻毫8.40	完全同上	
8、9、	緬幣3000.00盾 滬港1400.00	胡文虎捐	江董手交琴
〃 〃	緬幣200盾、滬港95.00	莊銀安捐	
〃 15、	50.00	聯義社手收義捐	先生已給收據
〃 〃、	68.80	俄後加蘭船何海社收義捐 未給收據、要先生寫	

辰

6.18、	100.00	樵叢給小雯
22	400.00	鹤西生
7.[illegible]	還來200.00	
〃16、	500.00	丞慧芳交

議員被驅捺無費者姓名

（已助川路費者）

黃策成	祝震	梁登瀛 增卅　史之照 增卅
徐邦俊 增卅	王鴻賓	尚鎮圭（有眷）
董昆瀛	張大昕 增[illegible]	高振霄（有眷）
蔡匯東	魯魚 增卌	陳尚齋（有眷）
彭邦棟	時功玖	葉夏元（有眷）
盧元弼	唐文廈	張光煒（有眷）增卅
周恭壽	黃世鏜	何陶（有眷）
周世屏	汪長梅	李式璠（有眷）
彭邦澂	王恒 增卅	傅用平（有眷）增廿元
[redacted]	烏勒吉	田永正（有眷）
石鈞禹 增世虎	楊大實	劉人炯 有眷 共計
	黃策成	張秋白（有眷）共計
廖宗北	劉夔元	張凤九 同 共計
		邓天乙 同 共計 增[illegible]
		呂蔭南 同 共計
		克興額 同 共計

叙府陳參謀雨村兄：奉函電敬悉。

光伯仰逝，同深悲悼。□節哀順變，努力御

邦國。洪兄公家似嫌不足。季弟芳如何，待之來否。

賜復示教。

請小亭兄酌交

按兄代寫轉

此呂趙韓李楊閱後代發。謝持

六月廿四日

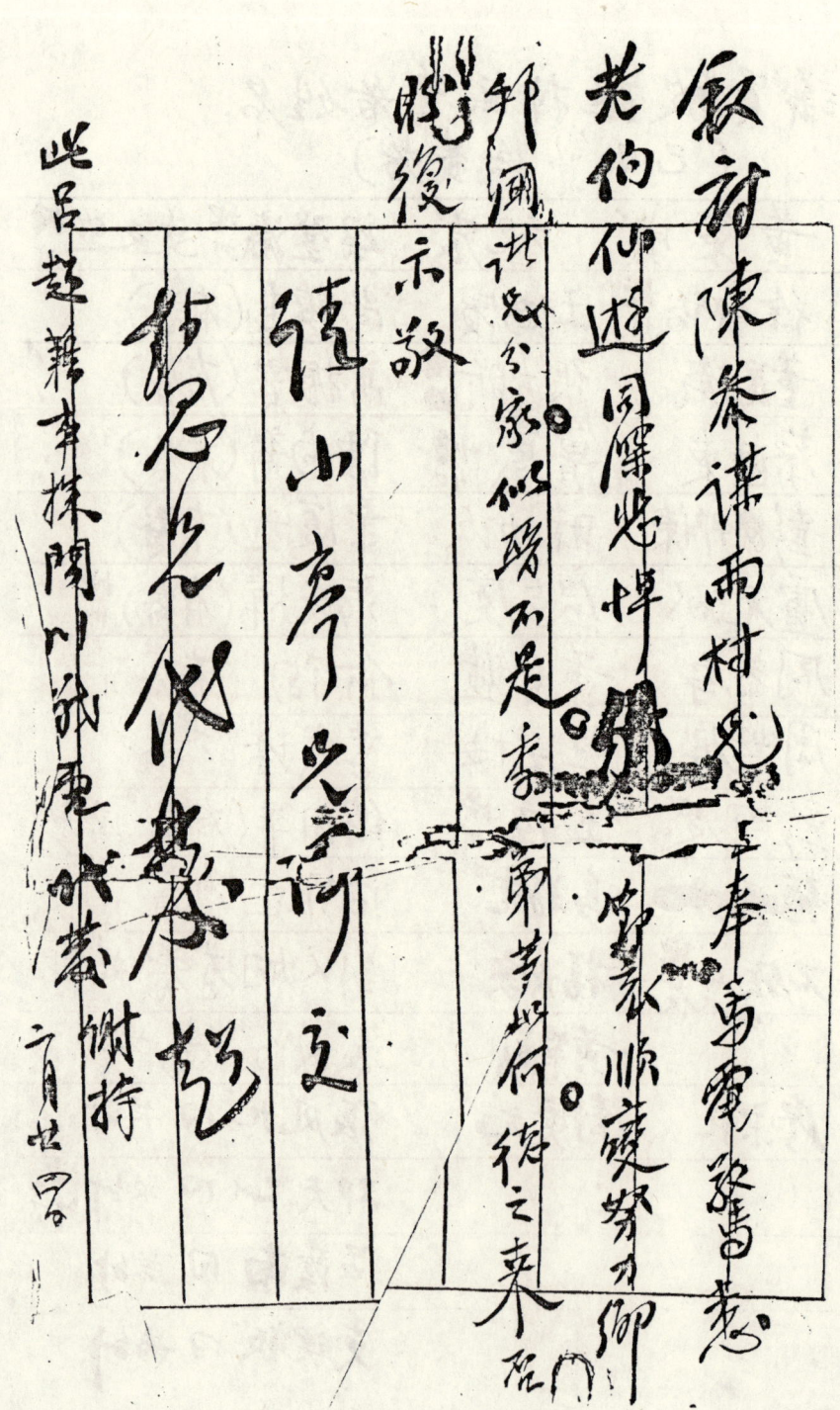

廣州寓盦錫卿兄轉葦庵兄
鑒：奥山同學務本安電頃未起
閱。蘭要事請速電訊明由電
覆。廣東所止趙[illegible]展文
請汝廣州一處訊代收
協之兄[illegible]
代譯發 謝持
中華民國12年3月12日下午[illegible]

旅滬陸軍四校同學通訊處

廣州大元帥府楊秘書長

滄白兄鑒：艾電敬悉。頃則

自乾卿到穗，卿陳之變，所軍持重

鄂陝既敗，成不堪，廣東已得之元首不忘鄂（云云）

三、并公達竹李春芳吳武社常款者也（特向）

十一月撥在何處取，盼復。

代譯發 謝持

中華民國12年 月21日17時 分發

電報掛號五五〇五二 三 電話中央四七一四

旅滬陸軍四校同學通訊處

萬縣探交楊仲良、秦芳堂□密

并轉子青、惠安兄 前接兩兄冉年書電，已歸，擬向道上委赴

東，傭逆等皆已成立，仰川中同志士

所頒館並論內部如何變化，總

行吾黨主義，指為友邦，印武據直時

務當國校於後也，錫慈及同人皆從事

歸正籌辦費，內情如何，速時電示，手

兆此商候電覆。[illegible]

蕫 [illegible]

中華民國[illegible]

電報掛號五五五 電話中央四一四四

上大總統電

以敝處及洛吳謀奉各節，計慈鑒已時報告。惟婚刚青渴

奉系掛落計畫，成敗未可逆睹。頃接若甥又函，謂以中

主迎北共同日改政、系主振北共同日改民意，與論諸

懿德稱系有死耗，後又促超速歸。今事已急，於義不能坐

坐視，擬冒險遁歸，以調人自居，團結各部，使其[illegible]

依附政府外，自度略有把握。如以為可，請即敘于訓令，并給路費

日偕侯震霖赴京。超叩。蒸

中華民國12年4月10日10時　分發

中國國民黨本部用箋
KUO MIN TANG
(CHINESE NATIONALIST PARTY)
HEAD QUARTERS
44 ROUTE VALLON, SHANGHAI, CHINA
電話一〇七四一三 THINGVALLA 英文掛號 3544 中文掛號報電

致新公階

中華民國九年5月7日　時　分發

廣州內政部新公階兄鑒：前指派兄席參門戰鐵路九
抵滬並電催明北軍截疑芳惠林慕周附件區武師爾副
函請錫常閩渠君
請即實呈先生照欵速明母而有作用並請行　持　芸陽

致太傅 [illegible]

香港持大德院锦荃[illegible]趣拟[illegible]社杂刊[illegible]许[illegible]直[illegible]通[illegible]

联合同学 并为行 一锦座 改

今战端既于川省开始

[illegible]同人[illegible]南今川战[illegible]宜藉此社[illegible]

函 资联络[illegible]说需 及其他费用

[illegible]光拟请阁座函[illegible]给予资助[illegible]以利进行[illegible]叩佳

并请示

代译发 谢持

(No. 56)—Typing Received Form.

THE EASTERN EXTENSION AUSTRALASIA & CHINA TELEGRAPH COMPANY, LIMITED.

Incorporated in England.

Telegraphic Address: "EASTWICK."

SHANGHAI STATION.
7, Bund.

Telephone Number 899.

Doubtful Words should be OFFICIALLY repeated. *See* Rule Book.

No enquiry respecting this Telegram can be attended to without the production of this Copy.

LCB OT 2148 3/18PM 14/3/23 8741

The following Telegram Received viâ EASTERN, at

CANTONGLISSIMO 51 12 6/20PM CHG
THINGVALLA SHANGHAI
WAWIMAPUCI YOMODOTEGA VEPOJORAHA TEXAXADUGO LOKALIRIWA
KEJULEXIDU JEFUDACEJE MOWEVUDEFU XESAXIFEGU PIGELIXONO
MEKALNDEHA JULIZIKOYA CUVUGAKUJA VEMOZBOWO JODOGAKUGE
MEJEFUXUFI MUWIXETUBA DULEKOLIF VUWOZIWIDE FUCUKECEXI
HUGUMERIFO ZIZAGOMODO MEXOVIFAVE POLUVELIME MODIVUBAKE
JXEVAGNTE COYIMALALA TOMODIMOD HOGOMEMIJA YIHAWUJAVE
GARUVEPOLI DAXACOCUJE MABEVUYEVE POXAYEVEJA WIVIJAVEKE
DEHULOGINU GIVOWEGIHO NEHAZILAME CUYAVESEGI NUJIYEMAYU
NUPLBASOMO DOLEWOLIB MEKAMEBUMA RESEKULA7U LEKCHONEMA
DILEPUMATE MAHIEADUDE TEWEVEKAFA HUGU

中華民國12年3月14日　時　分到

THE EASTERN EXTENSION AUSTRALASIA & CHINA TELEGRAPH COMPANY, LIMITED.

Incorporated in England.

Telegraphic Address: "EASTWICK."

SHANGHAI STATION.
7, Bund.

Telephone Number 899.

Doubtful Words should be OFFICIALLY repeated. *See* Rule Book.

No enquiry respecting this Telegram can be attended to without the production of this Copy.

LCB OT 2170

The following Telegram Received viâ EASTERN, at/20PM 14/3/23 8782

CANTON 27 12 5/5PM CHG
THINGVALLA SHANGHAI
JUTUMODOME XOYACUVEPO LUVELIMEMO DIVUBAMIVE FAROJAVEFA
SIMUWIKUJ MADIBOSOL DAFEGUVUBA MAFEJIGOFA IDACEDUPI
XOKAMATEDA CEMAREWEXO LAHAMELUF WIDEFULACO WIMOJESUJA
YOZAVUFOZI XEZOMUGOZE VAKUVEMOCE HUYIMALOME RUKAFAHUGU
DAXIJEPUMO DOVAMOYAMI MODIHUPUHU SAVEPOLAWA CORUXORU

中華民國12年3月14日　時　分到

上大總統電　三月十二日　中華民國12年3月12日22時　分發

○張溥泉報告伯蘭派王乃昌赴寧詢樊元材先生和平統一對保曹最高問題意見，齊答中山前派漢民來寧擔保許部不回粵，中山不回粵組政府，今皆食言，渠因此失信保洛，不便講話，主張冷靜，且劉存厚已入成都，楊森不日可到渝，蜀既得，則滇黔可就範。湘正在活動中，兩廣問題，沈氏實可牽制。如陳系軍隊預備反攻，滇軍可守中立。恐中山一二禮拜後必歸上海，二者似可不成問題云云。乃昌反覆解釋，齊隨允派佩洲到滬與伯蘭面商。持叩

中國國民黨本部公文用紙

中國國民黨本部公文用紙

侯三一

致盧錫卿電 三月廿四日

宗密壽芳劉子壽蘊自由萬密電促濮君回滬

因內緩待但措未遽啟紅智前實謝第請勿使滬知持敬

中華民國12年3月24日17時 分到

致渝伯錫卿并上大總統電　三月廿一日

渝錫兩兄并呈（大）總統鈞鑒。密。（甲）鐵橋得梁山架函摘要如下（一）[redacted]頌堯在中江贊與鄧陳合一致行動譚克艱（智華）胡信（師團長）戚皆遇害[redacted]惟鄧陳已不能成軍現退梓橦抵抗（二）[redacted]春芳襲萬時在洋合溪接戰春芳潰[?]向忠州（退卻）[redacted]省軍集中梁山調進擊鄰陳之軍一部陝軍約一旅子模部[?]定[redacted]（滿敬）[?]日[?]向總[?]反攻萬縣蘊南已到梁（山）統一指揮子模等可到鄰都　第二軍在萬有槍四五千支北軍到萬張允明全旅趙榮華一部共約三團餘雲夔係盧金山部馬旅分駐（三）[redacted]季昭亦自乾竹軒及陳遐齡皆未動何（光）烈進駐保潼（乙）鐵橋前接煜剛函（竹）軒李昭皆出兵

擊鄭陳竹新且為解省圍之一(丙)伯城函開長元箸周西成自由返駐
四第卅春芳守中佈戒上佈
綦江又由川來人云西成尚未宣布就職 謝持 甲 全

中華民國12年3月31日14時 發

上大總統及滄伯錫卿電　四月二日

滄伯錫卿兩兄并呈大總統鈞鑒口密（一）春芳專函請持代呈如下楊森匿川消息確後春芳即電但余請示任務但余不理請接濟不理及加逼迫青陽又不援手為自存計始於臘月與楊森接洽今番乘機擾充力量始終為元首盡力粵局穩固川省必易轉移云云（二）來人晉日離萬據云春芳仍□據忠酆青陽所部周西成賀龍皆變仍駐涪楊森允助周槍千五百支顏德基起兵三月元日佔綏定北兵張趙外盧金山宋大霈軍隊點一部到萬森加援川副司令節制北兵定梗日三路攻梁山過漢中見樾生私電

中國國民黨本部公文用紙

宥佔梁山（三）鄂商男傳涪陵有戰事（四）今晨走告鍾橋據
云南周西成稱定黔軍司令将返黔攻劉甸得京西思可議劃二軍駐
地以息戰對北又張已赴宜鍾又湘趙陽電勸路吳停兵派
代表赴川商辦法（五）施洋報怨言楊佔梁忽言但後萬（六）愚
見川事與洛吳勝利則粵局必受非常影響今川局如
此盼兩兄速與先生商補救辦法并盼電示持叩江

中華民國12年4月3日15時　分發

上大總統電　四月九日

密（一）漢群得駐豫陝軍函告奉洛吳密令對奉積極備戰一俟川勝粵發即逕攻奉不待奉進兵也（二）~~鄒本中~~和卿請~~[illegible]~~持代陳~~[illegible]~~有必要~~時~~時即赴粵以對川有辦法亦可赴川（三）漢群備款　持叩佳齊

中華民國11年4月9日20時　分發

致精衛及丹甫電 四月九日

□精密（持精衛兄）(一)葉再浮駐豫陝軍函（得）送奉洛吳密令对奉積極備戰一俟川勝粵爱即速攻奉不待奉進兵也(二)楊森確得梁山閬錦帆計畫不得（決）叶棄重慶不守預料日内重慶已失持健齋

中華民國12年4月8日20時 分發

上大總統電 四月十日

濟錫兩文并呈 大總統鈞鑒 昨各方呼青陽敬函向東路敵力排分頭迎擊

邢陳田反攻省軍失利逼近省垣勢正盛已占……

決棄……慶民撤全力赴援省非十日內集中……城撲閩邢陳再行……

附言……非十日內將東路各軍集中……

東擊北敵十日內即集中

出蔡猶撲……動等語昨報楊於七日入渝謀摩得

省友贊函德祥有身死說并聞持叩蒸

中華民國12年4月10日12時 分發

上大總統電　四月十二日　中華民國12年4月13日10時　分發

密（一）滬海軍獨立聞魏子浩頗出力魏語人云去年在粵被拘今特以此自見（二）溥泉昨聞以楊春芳附楊森者聞稱一般川人皆言楊春芳附楊森係錫卿與持指使向持詰責詞色俱厲持答君不明內容切勿偏聽究竟照我何川人請舉姓名告我溥泉著急毆持遂互毆旋遇於展也家覺生亦在座溥泉向持道歉并言聞持所述與陵生漢羣[illegible][illegible]計議補救及電商滬伯錫卿各情形乃知為[illegible]鐵

中國國民黨本部公文用紙

橋陳逵三等一面之詞所誤且舉鐵橋等讒論
告持溥泉此舉純出於愛黨而持因遠歐向溥
泉道歉歡好如初恐傳聞失實上勞厪慮特
具實以奉聞持叩元

廉卅六本營秘書處億白錫卿雨霓兄并呈大總統何鐵橋乃亞（一）
福五文輝入昭郡守中三票九時撤引兵南東路會師攻此（二）怨剛時撤
兩吾樣文何光烈其屢衛卯陳（三）頼德祥退简册（四）子樣帅楊森扁
第為師並要求于青陽為文但縱青陽意（五）川軍退守合川永川未退時
掩護孫向北軍戰于人狀山北軍于損失頗大又開撤退时双方殺以青陽衍
秩序特聞持巧

中華民國7年4月17日20時 分發

中國國民黨本部用箋
KUO MIN TANG
(CHINESE NATIONALIST PARTY)
HEAD QUARTERS
44 ROUTE VALLON, SHANGHAI, CHINA
電話西一〇七三 THINGVALLA 英文掛號 3544 中文掛號電報

致盧錫卿電

中華民國12年4月29日　時　分發

廣州東山校場第三軍司令盧錫卿兄鑒：嵩密。此役又賴陳國洁(?)滇軍對決拒戰，厥功至偉，良所部諒亦至所攜(?)益。滇將領勞苦功高，請代致候。持超(?)渠(?)起即赴粵款(?)先生前再見切商(?)，乃特(?)例(?)

上大總統電　四月廿四日

○密（一）川各軍組織聯軍推鄧錫侯為聯軍總指揮函聲
某
言一軍盤踞東北勾引外援意在解決一軍置驅北軍
須豫為防範等說
於第二步似此恐洛吳卒收漁人之利（二）當沈逆叛
變時湘趙欲乘機解決湘西兵已出動現在聞已緩和特
叩敬二

中華民國12年4月24日16時　分發

上大總統電 五月三日

○密 香港電局長沈子良感日密電偽交通部云楊坤如計畫堅守惠州僅遣前鋒暗下石龍侯隱青返抵梅縣再行進攻等語 分電汝為兄外 特聞 持叩 江

中華民國12年5月3日16時 分發

右電另由水綫發寄汕頭

汕頭許總司令 ○密 展堂兄同鑒 香港電局云云至進攻等語 特聞 持 江

上大總統電　五月五日

中華民國12年5月5日　時　分發

○密。報載[illegible]路吳令沈鴻英守韶閱廿日待援廿日外失韶沈不負責持叩歌二

上大總統電 五月五日中華民國12年5月5日 時 分發

○密 (1)關陳逆（前給子蔭五萬元今又運動軍隊費）電促子蔭赴港~~[illegible]~~（謂事機已熟）

(2)孝忱雖能今日來粵~~持叩款~~ (3)僑庭蔡表陳逆

堂羽重章極多持叩歌

致滄伯世人電 五月五日

中華民國12年5月5日 時 分發

滄伯後生錫卿漢群百城諸兄并呈大總統鈞鑒(1)渝感函一軍敬棠銅梁合川向潼遂引退（何金鰲變二軍編制）賴駐資內與省渝軍接洽督明不戰欲併駐富瀘青陽軍已抵瀘州何帥中立唐子敬佔合川北軍擔任渠河方面而省联軍紛紛出發春芳守永榮[redacted]恐白日間有劇戰存厚長軍已定甫成長民森會辦鄧護軍則皆未定真吾君逸皆言客軍難遣各爭名位伏乞

深深（~~中~~）~~寄廿方開發信念內趣向詩徵~~ 特向詩歌

上大總統電

五月七日

中華民國12年5月7日18時　分發

密（一）溥泉囑電呈如下趙鐵橋懇鈞座由滇綫電川將領謂熊部一軍決不在川爭地盤各將領宜聽其與北軍作戰（二）持語溥泉不爭地盤說非有確實保證不宜發電若由先生勸川將領棄嫌一致急擊北軍破藏東出破吳解決大局則立言得體事或有濟溥泉以為然附陳備參持叩陽

（首）

匯復并悉奉到

手書殷懃為之爽 天萬里如對

去歲別後時局屢遷 四民塗炭 撲元依舊 切實痛心

而舉神洲尤以我川為甚 側身多難 而楚各地(?)

以此今年各軍斷手又任楊向謀不大力維繫已

有如手足相殘

足下等了思相左 語曰 先有司 今亂民更甚 重宣史

貴省地壯偏隅 而又有兩軍之爭 地方責任 此後加重

中國倚仗

百計調和 平卿之爭 退讓 此中造福 如彼西河矣 至事

後事都識明　南屯九十出下來

示諭云云，而前既解排難以為人，後自易為[illegible]以求濟邑

有以

吾道家人正義之，而不立蘇俄，對其手海外諸人，不勝延

歎，而望之我國外交者，日人壓迫之，國之痛，於其呼吸，夢想

者有所寄也，不實行貨一層是大江南北之通患，雖次出以

之國主義，我國民而與人以口實[illegible]

台徵先生大政祉

謝持謹啟

五月五日紀念會紀錄

民十二年

胡漢民主席

奏樂

主席致詞　今天為五五紀念，上海同志應有種種慶祝，今日就是本黨總理宗旨領導三民主義同志奮鬥之先決，我們不但要紀念本黨之光榮，尤其應當紀念本黨總理之精神。

謝持演說　今天我們上海同志紀念總統就職的日子，我們現在總理在何處？在廣東奮戰。從上我們總比總理身全漢多，我們應當怎樣找方法去實踐，才能在戰線上處理發展；
第一天革命，從理失的經驗自年紀們的
第二革命，覺到從屬以失敗，以屬失再起的
什麼常時失敗，跟因為意見不統一，才歸失
敗。今年的理論從我們大家在有一致的
張開的主張，在上海，在廣東和中國全國
應一致，服從總理之主張，以總理的意見，因以
意見得來，自可成功。

張溥泉　今天是狠快喜的日子自己同志
面前不好把我的感觸畧說一說我們不必講
自從總理組織同盟會廿餘年來中華民國經
有患難在而但張總理之故南北經紙上雙方
為飛國的頭聲惜未由西南北之思想或東西與人
的北方民黨人民歡喜都助革命的最後我方
一体狠傷心的事我曾名張溥泉在福建
我曾寄今給他們給他日本他竟成旅長殿後
感謝革命極力幫我們忙但是我的事已

大總統府公用

梓琴兄執事今日奉
總理面諭委任張繼為中國國民黨
北方執行部部長委任丁惟汾為中國
國民黨北方執行部會計主任等因特
達希即由本部特設辦事處秘密填寫任
狀送呈
總理簽名印發為禱專此即頌
晚安 謝持

以革命党友党资格或以友党之党员资格来帮助指导我们我很希望

且感谢的以友党资格利用我们我反对的以本党之党员而利用我们为

友 入本党初

友党党力我认为本不忠于本党我本作本材中十分怅惘以奉本党之党员而诅

劳动

止本党运动之设善教条而图收中产业我认为本党之仇敌我很为世界劳动

決出本党之設革即係力於促成資本階級之發達以達其劳动階級

其之仇敌我认为人道之仇敌组织团体破坏革命机会而不恤劳动其之

革命之主张不使实现者 隔断者隔於

痛苦者

是之共

我不但反对而且切齿痛恨的

啟者

国焘为工会秘书，发动罢工，以为派反对局长，佩孚楚成我其付大创。在郑演讲，收工人信之。

施洋死后，及一般被杀之工人，竟无人抚恤。此施洋夫人及德甫夫人之语。

此次因国焘等组织全国铁路工会，德甫、天之等遂使之两方互相冲突。报收买，佩孚注意而致近狱。

施洋、德甫受之害，此彼党之罪。施洋初死时，即彼辈亦不承认为党员，其后忽出小册，称为党员。

伯渠由中央辞职赴汉口，怀九不知其了。

（附记）

一、特审汉口党务进行

艺学社附刊表

摘青年团是去年八月开大会在本团改组之前如果藉此

时期而逼[间]其谓本堂改组后即完全为本堂奋门则除柔崔文成

施存统所作文及守常函认北京等为[奉]我以证明其为逼俯外可

促其发表宣言、声明[将]议决案关于本党者取消、撤

若总理以为许其跨党于前今不能令其脱党于后则许其

跨党者以其忠于本党（入党与会作不同）今不忠于本党而利

用本党且有言利用之意而不讳故须令其脱党

展精谓[可]阻止[在]劳动运动上改良的倾向当解释为阻止使资本家改

良待遇劳工的倾向不是阻止[根本]解决劳工的[问题]倾向[止]施存统推来成既见本

党宣言何以尚谓两党亦是援助劳动者日常的经济斗争

68

共產黨 社會主義青年團

上海主持黨務者張~~西~~秋人，管組黨者瞿秋白 但待查

經理入黨者冰冰住閘北順泰里七十五號

林儀已入後黨~~即住冰冰家~~

藝學社監製

摘錄　中国社會主義青年團第二次大會決議案及宣言　一九二三、八、二五

關於国民運動及国民黨問題的議決案

（六）我們加入国民黨　但仍舊保存我們的組織　并須奮力从各工人團體中从国民黨左派中　吸收真有階級覺悟的革命分子　漸漸擴大我們的組織　謹嚴我們的紀律　以立強大的羣衆共產黨之基礎

（七）我們在国民黨中須注意下列各事

（1）在政治的宣傳上保存我們不和任何帝国主義者任何軍閥妥協之真面目　（2）阻止国民黨集全力於軍事行動　而

忽視對於民衆之政治宣傳　並阻止国民黨在政治運動上妥協的傾向在勞動運動上改良的傾向　(3) 共產黨員及青年團々員在国民黨中言语行動團结一致　(4) 須努力使国民黨自與蘇俄接近　時々警醒国民黨勿為貪而狡的列强所愚

證左

(一)黨員孫鏡亞本年十三年三月廿二日上總理暨中央監察執行委員

會書中指陳各節

(二)嚮導週報第三十八期十二年八月廿九日出版 署名「獨秀」所著「粵局

與革命運動」一文

(三)新青年第二期十二年十二月二十日出版 署名「屈維它」(據展堂在上

海執行部言是瞿秋白別名)所著「自民治主義至社會主義」一文

(四)俄國革命論叢十三年三月出版 十二年十二月廿六日前成册 廿六日前成册(此書底序文係十二年十二月廿六日作)「俄國布爾塞

維克黨與其中國的走狗」一文中之第十二段、

(五)民國日報覺悟十三年四月廿三日出版 署名「崔文成」所著「中國

中國國民黨本部公文用紙

國民革命與無產階級一文

(1)中國有共產党發於一九二〇年冬间蘇俄政府派代表某〃来上海，与东亚大同接頭 即派中国跳某（偶忘其名）日来某〃（其人已死）朝鲜李東輝（上海朝鲜临时政府国務總理）三人往莫斯科参加第三屆第三国際大会 其时正值列寧脱落斯基二氏因主張稍异 分派 脱氏为擴充己派势力计 設遠東书記部於海参衛威 查访遠東各国情於马克斯共產主义之社会上有志分子 於是中国陈独秀、日本堺利彦 朝鲜某〃与之接頭 亦往参加国際大会（中国代表係陈独

中國國民黨本部公文用紙

指張国焘邓中夏数人）既皆抵莫斯科后，为权
利的関係，互相攻擊，互相陷害。朝鮮李東
輝同伴，被其競争者诬为和白党有関
係，冤遭蘇俄政府鎗决者数人。中国姚某
被独秀指为係中國政府的偵探，亦遭拘
禁，但結果皆得出席。日本諸人回國，至
今然各立门户。朝鮮諸人回至吉林上
海等处，互相残殺，死者無数。至去年夏
間，由第三國際大会派人調停，併合为一。
至中国則一因独秀充北大教授（張国焘、邓中

裏皆共学生）有一部分学生为共基础 比较
易於但識一國 姚某原理 究全信仰馬
克斯主义者 故未与之競争 不然早期
得一塌糊塗矣
独秀組党时 有李漢俊 李守常 刘伯垂等
十数人 皆为中央委員 独秀为委長 嗣因独秀
遇事专斷 且又惯人之功 在第三國際大会乱
报成績 騙取巨大的補助費 遂大不滿 漸
漸与之若合若離 甚有出而自做一派者 而独秀
從此亦益肆無忌惮 乱用離间主义的好聊

中國國民黨本部公文用紙

手段為以陳炯明之叛中山為有革命勇氣者煽惑大吹其法螺謂得以所指導的廣東青年和勞動界為後援一鼓消滅亂七八糟的國民黨另行造出一党以共圖前途無窮之事業炯明聞而樂之昇金五六萬元作聯絡組織費正進行間不意在上海被捕因得中山力出獄乃努力投誠國民黨從此與炯明幾於暗中送秋波希冀續騙多金不敢彰明為之號召多獨秀於投誠國民党後見其久無發展又鼓吹吳佩孚為中國最進步之軍閥頭腦清晰並無些

此兩中國善於和平，非吳（佩孚）孫（中山）聯合不
可，再不能陳（炯明）吳（佩孚）攜手亦足以解決目前
僵局（均有留學國權力託）。遂由李守常認識孫
洪伊，再由孫洪伊認識吳佩孚，因此乃有聯
絡。李守常晤吳由白堅武（吳之秘書長和李同學）
其對吳大略說詞就是要打倒張作霖不宜專靠直
系兵力，須內運用外交手腕聯絡蘇俄，請其從北
滿進兵以擊其背，則張作霖不難平矣。吳自薦擔
可於此事。吳才是聞之喜出望外，與金多少以講不
內其詳，但李守常得此允，洛陽以閱伏署顧問

中國國民黨本部公文用紙

月薪約百元此為共產党內所遍傳指獨秀既与吳
佩孚便納叹何作蘇俄代表越飛洽而暗中輸弄越
飛推力協贊吳佩孚為中國軍人中之傾向共產主
義者為蘇俄計欲剷除遠東白党非援助
中國先行剷除張作霖不可因張作霖雄霸東
三省使白党得其保護協能常之為屬同時張作
霖自恃又為中國共產主義前途之障礙於公於
私實有合力剷除張作霖的必要越飛不明中
國情勢遊於政治界人物自負其察以極深
蘇政府於是遂有赤軍曾擬北滿鐵道之據

後蘇俄政府 於是遂有赤軍占據北滿鉄道之舉 徵蘇俄債派代表優林来查悉内幕 大責独秀不允 越飛亦以國交法庭審究 此事驟然停頓 吳佩孚不明所以 以为独秀不力 或至受騙 即擺出架子 通令俱拿 陈独秀李守常诸人 談至此宜補敘京漢隴海等路工友紛紛成立工会 吳佩孚不加干涉者 即因正在和越飛接洽 表面上不能不容忍之故 後獨秀以吳佩孚翻脸太快 亟思設法恐嚇 乃分頭派出三四党徒慫恿京漢路工友 並鄭州開京漢路總工会 当时誰都不知其另有作用 於

中國國民黨本部公文用紙

乃有鄭州開会之举 於是乃遭二七惨殺之奇禍 聞其報告第三國大会 僅言曹錕蕭耀南等惨殺工友 而不及吴佩孚 盖有前此諱莫之隱衷 不便实說 及他惨殺消息喧傳 吴佩孚亦知不妙 托孫洪伊從中調停 不久 独秀果又力倡工人不宜亟於報復 須先排除侵畧中國的列强勢力（英美日法等）國内軍閥僅是造成一时乱象 不足之大慮 且亦係其所育而成 若排除列强勢力 則國内軍閥便無從產生 更將軍閥的範圍擴大 即言南北帶兵者 何一非軍閥

革命所以图幸福 非俟机会一齐打倒 不足以望长治久安 此种故作高尚的论调 甚足鼓惑昧于政治社会现象的一般青年 使之转移其眼光以排外 而忘却国内之蟊贼 于时幸有而不知独秀合作一派极力反对 以为排外必先清内 列强势力之侵入全由内贼之引导 忽其所可付 而致力于难行 非别其忠肝 可为不明事理 初藉报纸喧传 后自为利物相争 结果卒将独秀调论打倒 独秀见计画失败 乃召集共产党内同志和向同情于马克斯共产主义者 在广东州东山会议

中國國民黨本部公文用紙

決定以后進行策略　連續開会兩星期　蘇俄代表瑪
林亦每日臨場　結果　願和国民党合作　一派战
勝於是表决全体分子加入國民党　但又密计
必须在國民党内作为中心　以圖国民党根本
改造　其意即俟国民党得到政权时　再一
鼓以共党心支配势力將国民党消滅　按照
列寧在社会民主党内　於可倫斯基政府成立之后
以七个月之抓势力（即所称一九一七年十月革命）組織蘇
維埃政府（即共產政府）之舊路代替之　現在
计画大概如此　而在事實上　中國將來能否

走到列宁旧路 自是又一问题 所以独秀一面加入民党一面仍积极扩张三党 盖为谋代替地步也

就国民党说 此次改组 当然有一种必要 所惧者 党中加入有一不同宗旨之团体（若仅分子便不成为问题） 即於国民党中树起两个旗帜 此种互相利用之计画 能否在打倒恶势期间内不生若何变化 恐谁也不敢作以保证 所以独秀与共产党绝对不容有小团体 如将国焘有一个某々社（忠贞者）共仍五

中國國民黨本部公文用紙

六十人　勒令其刻日解散　否则尽数开除
胡鄂公等有之共产主义同志会　共约二十
余人　亦饬其声明解散　并限其将所
办之今日杂志　即行停刊　否则　不准
加入　鄂公拟退未即答　即当之戒严　至今
尚在交涉中　此皆系同宗旨之组织　尚且
如此不容　盖须知一个团体内　若另有小团
体混杂其间　则纪律必难以严整　动作
必难齐一也
国民党兼收并蓄　固然不可厚非　但祗所

謝持日記

吸收分子 決不而容許寄生式的小團体 以自損其精神 紊其系統 國共產党係有組織的 非交通系安福部等可比 亦非無政府党可比 進一步說 果中山有心於共產党主義 不妨明張旗鼓 和独秀正式競爭 以圖主義的發展 似此半吞半吐 偷偷摸摸 必難得到好結果 此因中國強盜式的軍閥太多 不比俄国祇有一个皇室 社会民主党打倒一个皇室易 國民党打倒許多強盜式的軍閥難 若再內容複雜 意見歧異

中國國民黨本部公文用紙

並以独秀慣用無聊的手段 從中此手握兩党
左利用右利用（以從前句信陳炯明吳佩孚
為証） 其不闹得乱七八糟 吾不信也
再共産党成立四年 党員不足四百 內中的
有三百 是係隨便拉攏者 原因独秀自共産
成立時 自命是中央委員長 中経兩届 把持
不放 但共産党係国際的 非独秀創立的
（非中山与国民党可比） 是又専横詐騙 缺陷種々
所以人人不快 党員無從增加
另有一個社会主义青年團 人数仍七八百

獨秀派指作附屬機關，該國幾次謀獨立，脫離羈絆，現在還相爭持中。幾年來社會上各種運動，獨秀一派實際上皆有參加，迨事已發生或得結果，須照向第三國際大會報告，以為係其奮鬥的成績，由此可騙組織費、運動費、接濟費，他且不言。即如京漢路（二七）事件，蘇俄等來接濟費，據獨秀自己時而報載或萬餘元，時而報告千餘元，但已交到工友手者，至今還不足三五千元，工人向之索款，幾次幾乎鬧出事

中國國民黨本部公文用紙

笑话，此工界中所遍传也。
以上就一人所闻见，随笔叙其大略，若
欲详尽，请俟异日。

宽

今年六月余以黨事南游九日底廣州越八日病作初以為濕且熱也梅谷暨鄧慤農先後診治又三日漸劇梅谷居東向不通風余惡其煩熱遷粵東旅舍南室又十日益劇六月三十日展力疾游第一公園遂卧不能起於是公潜梅谷人鶴賛元文濱醒亞人龍瑞五端丞志言屏垓肇南諸友暨唐君尭卿皆促入醫院是日十一時許乘錫卿汽車赴長堤待汽艇有頃則直勉偕余和鴻陳元永（鄧三伯女）埥皆乘汽艇至遂送余入珠江頭養園延德國人盧美霖醫生施治美霖又約其國人施乃德醫生助診而後病證乃離中醫所云濕熱誤矣蓋實糖尿病也七月十三日大女慶眉偕其夫曹君四匆到廣州視疾八月病瘳八月二十日出頤養園八月廿六日離廣州三十日抵上海寓次是病也九死一生醫費廣州毫銀三千餘元出之革命政府十一月一日體氣稍復乃攝斯影紀念云

中華民國十三年十一月丙戌（三日即舊曆十月初七日）天風海濤館記 上海

WEI FONG & Co.
上海 滙芳
法大馬路 八仙橋西

抗議書

四川臨時省黨部執行委員會委員黃復生等提出

查此本黨第二次全國代表大會選舉法（以下簡稱本法）之規定及最高黨部辦理選舉手續以揆諸四川黨務進行上之實際情形確認本法不能適用蓋苟使四川黨員全部享有選舉被選舉之權利概遭剝奪也故本委員等因此提出抗議對於本法認為須加以根本上之修正或廢止另製定之

本法不適用之範圍恐不止四川一省且選舉限於區分部之規定尤易發見弊竇即因選舉之競爭或有隨意成立若干

分部、或有臨時劃一分部為數分部、或有將舊組織改名分
部之各種現象、以求選出多數代表是也、若果有之是不啻
破壞本党組織之基礎、流弊所極、恐不堪言、然此等杞憂係
一般的、亦係在根本求改正的、對於已發見弊端之選舉者
亦懇求予以最嚴厲之選舉處置的、而四川党员切膚之痛
卻不在此、故本委员等今（祇）就四川有關係之點、提出抗議如
下、合先聲明、
本法在四川党员注意之點有四、（一）細繹本法選舉事宜應由
中央或執行部令各省党部通知各下級党部辦理、（二）選舉
限於區分部、（三）無組織之省份無選舉權、（四）選舉日期限

中央執行部等字寫時肢空

中央执行部等字写时原脱空

此月十五日開始七月十四日完竣今试就此四點分別陳述之
第一點 截至今日止（即七月十三日）距選舉完竣之期僅餘二日然前
四川總支部主持全川党務職權係按照十二年改組規定办理者及本
臨時省党部皆未接到中央或執行部之办理選舉命令及須
布選舉法之通知昨日（七月十二日）接謝持同志由上海寄來本
法印刷物一張始得悉選舉梗概似此情形即使期限寬裕亦
將何所根據而办理選舉本委员等誠不識中央及執行部是何居心竟有不
令川省与聞此次選舉之事
第二點 四川臨時省党部成立係本年七月九日距選舉完竣之
執行委員会
期僅餘六日耳川中幅員廣袤數千里除川邊三十餘縣不

中央二字係寫时误脱空

計外实有百四、餘縣本党之員散於無縣不有而道路險阻電報能通之處不及十一、此次改組當務求各縣皆為完善之進行、故各縣區分部之成立勢非短時間所能辦到、就選挙原則論之、凡不應受剝奪選挙权之懲戒者皆應实行其選挙权与被選挙權、中央製定選挙法時理應處計周到、令本法規定行使選挙权者僅限於區分部、以言依法則四川全省將百分之九十九未成立分部、未改組之罪在中央執行委員会而不在四川党員、是豈欺依法而不敢妄依、以言不依法則黨中又何貴有選挙法而必製定本法、本法不善可以修改、誰何敢輒曰不依、故本法選举限於分部而無其他規定、其实属大謬、然推請求中央毅然放廢之一途矣。

第三點 最高黨部不令四川加選舉，且并選舉法亦不頒發於四川，就黨係屏四川於未有組織者除之列。查吾川黨務素稱發達，自民國二年，總理刱造中華革命黨以來十餘年中，雖時因川省政變之影響，致辦理有不完備之處，然有組織、有進行，固未嘗或中斷也。去年，總理召集第一次全國代表大會，議決總章，重行改組。其時聞中央執行委員會為求全國組織劃一起見，不准各省區黨員自由組織或自由改組，必由中央委派專員前往辦理。四川黨員敬謹遵照，並未敢或踰，祇得暫由舊章以待專員之[illegible]逾一年又數月之久。中央執行

中國國民黨上海執行部用紙

委員會竟於四川黨務漠然忘之，置諸不聞不問。且四川黨員中嘗有赴中央或上海執行部催請派員，并亦竟置而不理，延至今日猶未派員，已令人致疑。中央委員敢於溺職，今反欲因此摒絕四川，斥為未有組織而科之罰，剝奪其全部黨員之選舉權，實屬太無道理。此種顢頇辦法在稍不講理之政府或團体尚為不可，況在本黨耶（此點恐不止四川一省為是）。四川黨員對於中央之漠視本省黨務，忍無可忍，耐無可耐，懷忠貞之志，不敢聽黨務之由是而益廢弛也，乃先自動的籌備改組，又由四川執行部派定臨時委員，於是臨時省黨部始得粗告成立，業於七月真日電呈在案。不圖今竟被未有組織之惡

名、而預遭無理最重之處分也、論性論理皆屬不平、黨員等實
不知 中央制定本法時、何(故)不體察各地方黨務進行情形
妥為規定、乃竟任意高下如此、總之四川黨務在今日選舉
問係問題之下、當問其有無組織、不當問其已否改組、如果其
未改組而即屏諸無組織之列、則當先問不改組之罪厥(與責任)究應
是何機關何人完全負擔、是乃黨中之最大的責任問題、四川
黨員絕不敢輕易放過(代人受)、尤不敢默尔而息、無受剝奪選舉
權之要求也、
中央執行委員中之屬於初入黨同志者、不知四川黨務情形、而
屬於舊日同志者、又不知之此、所使皆不知矣、而本部固有

中國國民黨上海執行部用紙

文卷可查。現四川黨員之純粹忠實者，歷年為本黨奮鬥作
難，以地方供犧牲（個人犧牲係黨員分內事）往往具在，詎可至今
日而一切抹煞之，即使因不承認舊有組織而一概抹煞，則經過
一年又數個月之最長期間，中央終不派員入川，究屬何意哉？
謂辦黨事者，平時漠視四川，不置重四川黨務，臨時又不統籌
兼顧，掉以輕心，以為任意斥之為無組織之者，俾便可了事，此
說或未必盡然。本法之不合於各省黨務進行情形而有
根本上之錯誤，須加修正或廢止者，則斷斷乎不可易矣。
第四點 選舉日期僅限一個月，以四川幅員、交通等關係言之，在平
時已難如期，以數月來，劉楊內訌，兵匪載道，更屬談何容易。此
人能

猶係定四川奉到办理選舉之令在六月十五日以前之說法也、今已七月十三日矣、距選舉完竣之期僅有二日、而尚未奉到令文、是四川無办理選舉之望矣、然川省党員之選舉權利一日不受剝奪、即任至何時、皆不能放棄選舉、故祇就本法言之、一月規定在四川固不適用、若更就本法所生影響言之、四川党員將因選舉逾期而被剝奪其選舉权利、是一月規定不能適用之程度、真無異為四川設陷阱矣、

今再綜括上述四點、簡直言之、第一則四川之未办選舉、並非川省自行放棄其選舉權、而實由於最高党部之對於四川省党部不依援選法第廿七條、四川雖未設立區分部、而全部党員皆有徵

是否自由組織實行其選舉被選舉之權利、第三則四川雖未改組、不能視為未有組織、本法無選舉權之規定、當認為本党紀律上一種全部懲戒之實施、四川党員不能承認此種規定、即係不能承受此種懲戒、且不改組之責任應由　中央執行委員会及　中央組織部負之、第四則選舉期間一個月之規定、根本上不能適用於四川、故本委員等雖認本法有不適合於川省党務進行上之實際情形、應亟謀加以修正或廢止之另行製定、為此抗議、伏請

貴執行部主持正道、詳為核議、并轉呈

中央執行委員会虛懷察納、對於本法加以修正或廢止、另

製以代全黨之手，實亦祇四川一省之幸也。
𠡠陳舊本法之修正或廢止，或另製議問題，及四川應否剝奪選舉
權問題一時未能解決，則四川（或不止四川）即一時不能辦理選舉，
亦即代表大会一時不能開会。八月十五日開会之期距今日僅
僅一個月，是事實上已斷不能如期開会矣。此等展期不宜過
促，似宜能使四川問題解決後，
電請中央將大会開会日期酌量展緩。據本委員等管見，此等展期不宜過
應請貴執行部先行電請中央將本会開会日期酌量展緩，據
本委員等管見，依法辦理最完善之選舉，而選舉真實代
表到會，以利進行。其開会期不妨展至本年十二月或明年一
月。是否有當，理合併請　采擇施行。此呈

執行部

~~四川臨时省執行委員會委員~~

四川臨时省執行委員會委員 黃復生 朱叔痴 陳炳光

陶闓士 謝百城（王子騫）張赤父 等呈

鄧懋修 郭崇渠 唐德安

中華民國十四年七月十三日

为中俄交涉下令北京市党部临时筹备委员会函

中俄交涉，现闻北庭及外国帝国主义之破坏，几已决裂。
此事关系本党及中国民族独立运动至为重大。本党第
一次全国大会宣言关于对外政策之第一项明白规定一
切不平等条约，如租借地、领事裁判权、外人管理关税
权以及外人在中国境内行使一切政治权力侵害中国主权
者，皆当取消，重订双方平等、互尊主权之条约。查此次
王正廷与俄代表加拉罕签字之中俄大纲协定，完全与
本党对外政纲之精神相符，而北庭媚外误国，故将应
归正式会议解决之细节，坚持规定于大纲，以致交
涉决裂，徒令法美英日等帝国主义国家快意，而
置国本利益于不顾。执行部认此情形，异常严

重，为贯澈本党政纲发展民族独立运动计，议决本京党员应全体动员，组织广大的民众示威表示，以彰北庭误国之罪恶，而表现本党所领导之真正民意。为此令仰北京市党部临时筹备委员会，刻日筹备此项示威运动，并训令全体在京党员，务令人人明瞭中俄交涉与本党及国家之利害，极力为示威运动而工作，毋得规避，切切。此令

石瑛　王法勤

李守常　丁惟汾

九、謝持先生的題跋

謝持先生的題跋，是在民國十四年九月四日，以較為工整的行書寫的。首述「生民一日不息，則主義一日不滅，蓋其內涵之具體設施，因順應時而為演進者也。」讀此我們更能瞭解主義內涵的具體設施，係順應時勢而演進，而對 國父大公無私的偉大人格，益增崇敬之忱。（編者註釋）

三民主義曰民生民族民權生民一日不息則主義一日不滅蓋其內涵之具體設施固順應時勢而為演進者也

先生揭櫫主義奮鬥四十年身先天下不及其私叛 先生而去者無論矣後死之夫允宜善厥繼述以竟 先生之志今則何如碧雲寺之遺骨未寒而已有不忍言者矣 先生棄吾輩之五月余至廣州踰月迫於人事之變輒復離

去將行　海濱同志出　先生手書民
族主義自序此　先生精神之所萃也
余拜而讀之不禁感喟泫然流涕惟望
海濱同志永寶藏之而已

富順謝持

民國十四年九月四日半園客次

。川省進行之概要

(一)使川省全部軍人及吴与本黨一致行動

(二)使統兵將領一律加入本黨其已入黨者務使与黨發生密切關係奉行命令并使認明上海之中央黨部一致接受請黨案

(三)改善川省軍政制度

(四)負責辦理全省黨務肅并努力除去共黨進行

章凝

天風瀞濤館

備忘錄

謝持

十五年四月黨務

十五年四月十八日

(一)匋子事(匋子来会)

(二)特别市组织事

(三)结束招待所及各代表归川及大会欠款

后即派人赴海外筹款事

(四)林义顺本日刘子芬言义顺甚言党有弼佐时南洋可筹十万

(五)列定秘书主任之件

(甲)大会各案汇集分别付议

(乙)各代表于大会闭会后提出之案汇集分别

付议

中國國民黨中央執行委員會用箋

9 〇

中國國民黨中央執行委員會用紙

（丙）各省区党务报告中之请助费用者列一清单付

议

（丁）各省区党务报告汇集后由会分部核阅并

请各部分别提出计画

（六）孙镜亚同志报告拒绝杨春保请其担任国民外

交协会文书主任之任 通过

（七）黄英同志来会约赴桂崇基同志处（桂日志在）接洽比

时报来往据言有三要点（一）由汝为海滨两人担任党

费（二）由有人负党中责任（三）各部之分配（联贯）应注意

（八）姚雨白来函内提两案（一）修葺莫愁湖畔广东

烈士祠墓（二）务印三民主义建国大纲建国方略先生演讲集用最低廉之价以求徧布穷民

（九）安徽党部二百元是否已给须问海滨同志

（十）中央党部急需此约六七百元据庶务部告

（十一）补录十七日讨论组织部秘书之件

（一）督促上海特别市速开重要会议补选执行委员、补选候补委员办理本党党员登记

十九日与组织部秘书言务托一孔存办理太记

（二）督促上海市各级党部遵章开会

（三）速解决第一区两个区分部问题（胡菊生事）

（四）督促上海市办理五一纪念等事 此件存

中國國民黨中央執行委員會用紙

四月十九日

(一)本党对国民外交协会所引职员中有本党职员姓名之态度

(二)补助 十六日 四川代表刘浦生曾元白来请求助浦生与然宝纯两人还川路费七十元其旅不足者由代表自筹 我允之但此七十元先由介白向四川学生挪借半月内党部措还

(三)江西代表毛仲衡同志於二十五日内还赣请(一)路费、(二)赴南昌筹设江西党部请补助若干

(四)秘书主任拟请由常务委员推出汤宗威江苏

人本吴大炎比耕单李民国十二年入党为秘书之

秘书

二十一日

四川党部询对北京政局态度电 在李陆处

廿二日

(一)直隶李东园同志请三事、(一)路费 与王同志共二人 (二)与民智书局联宣传书籍 (三)直省党部经费

五月三日

桂崇基谈话如下

(一)中执委宣言之速设 (二)建设每月需费百元 (三)宣传

中国国民党中央执行委员会用纸

中國國民黨中央執行委員會用紙

部撥印小冊

五月四日

袁世斌言赴粵路費

五日

王汝峋三人言赴粵及赴長江各地路費并报告学会撥

擬七月一日至七月十五日開代表会并言陳白之游移

志學錄

丁未以還二十又一年矣國事既不如志而究學則已甚焉余行年五十有三敢附諸古人十五志學之義所以自勉亦示吾心少壯云

民國十七年十月十二日署上海旅次

當陰曆八月二十九日 天風澥濤館

雙十節宣言 十七年十月十日

先烈之血、民國之名、總理之志、凡民之生

念茲在茲、寤心兢兢、我慶統一、我懼將傾

腐化惡化、小組個人、[illegible]

吾黨革命、救[illegible]民 [illegible] 益熱益深

不變惟國 不戰無禁 及今戒謀 [illegible]

先烈之士 民國之名 總理之志 凡民之生 念茲在茲

夙夜兢兢 我慶統一 我懼將傾 腐化惡化 小組個人

殺機人發 巧詐縱橫 黨事敗壞 建設空文 惟權與利

門角鉤心 嗟夫吾黨 革命為民 乃視民困 益熱益深

中國國民黨中央執行委員會用紙

不競惟國不戰自然壹之豪雄國之耆英及今臧謀合舊圖新

岳大公贊（名傳球字在田皖人有子六人而被殺者三乏孤者二其第四子相如擊軍北伐統一後編旅爲第一師副師長民國十七年秋將葬其父於先茔之側迎一兄一弟之喪而附葬之）

十七年十月十日

民族大義、昭如日星、鄉隱待時、惟公之明、猗歟有子、秉訓實行、民國初建、借竊縱橫、公夏而殞、五子犧牲、有一偉存、奮不顧身、亡父之心、兄弟之魄、寒暑十七、乃疑所親、悲之里門、歸骨數人、於魄何憂、孰謂功微、今子克肖、公死尤生、

祭岳大公及其子對三對蕃對任（三人捕殺不得尸）對

品對聯（二人亡命死）輓禮

一門多難本來爲國忘家想當年國賊未除

身死長留千古恨　獨木能支竟得招魂歸

骨幸今日河山無恙功成應慰九幽心

祝隆昌郭壽母（姓陸氏郭步陶之祖母民國十七年壽九十歲）

百年千載斯仍健木秋不老　子孫賢才可自娛

喻大翁像贊（內江人名德榮字峯庵烈士喻培倫之父也其次子培棣字華偉革命屢戰有功大翁於民國十七年十二月廿四死於上海年六十五）

有過人之識惟禍變而不驚宜乎令子之岐嶷死者爲

國魂生者屢捍國難而壯志如虹 [illegible]

中國國民黨中央執行委員會用紙

濺濺者公之身也長存者公之精神

彭伯母鄧太夫人像贊　十八年二月

相夫以義教子以學維覃鄉閭實開先覺

奔走革命有子而材惟母期之百折不回

慈祥端淑佛徹死生式遵母儀勉哉生榮

代四川商民挽李錫三　資彬袁安叔服禮隨

靈氣滿天外飛來誤佔哀麻難堪游子

浣姓自人間歸去鳳因生死早證諸天

代夷工挽易復初

革命尚未成功歎天厄友生又弱一箇

交情說偈進悼者君誦佛號高唱千聲

挽易後初　後初夏曆戊辰臘月初八日死，己巳陽曆三月十四日（正月廿四日）同志悼祭於廬

一病難經年，雖說佛法無邊，早死於鄉，究非君志；
瓣香供遠道，（設師星）誠屬交情（加厚）不薄，平生為國（最）憂戚繫予懷。

代庚綏安挽易後初

竟然了澈死生，含笑終年殉，應推傑；
到底不忘黨國，蓋棺論定（今日），君信全歸。

追悼續同志西峰　山西名桐溪號寒泉

行踪遍全國，拋家十幾年，為革命備極艱辛，誰謂前哲精神不如後進。
（劭山代作）

中國國民黨中央執行委員會用紙

惟冀遺孤憤發稍慰生平
將軍何數奇良謀多不用嘆蓋棺别無長物

跋陳徵明先生書 十八年

不奉教久矣比維道躬安善日前電車中屬詢粵游所得我實茫於倉卒間未得示我底蘊昨遇友人以如是見詢乃窮究其所聞則皆子虛烏有之談也且謂梁海濱先生嘗證實其事不知先生所詢其是否如吾友所聞以由梁先生證實亟賜明示而教之爲勝企感不佞如果得之要必有可以宣其

无其事而有其說則何可安啄々則虛且誕
矣想非先生之所期也專此不盡祗頌教
安某頓九月三十日
注吾從徵明先生學太極拳經四寒暑矣中間
因政治人事之異狀嘗長年不敢入社練習十
七年秋吾游廣州訪梁海濱先生橙里於城西洋
塘梁先生固李圓虛道人（圓虛為李文及王致齋先之　田之孫）
生稱其有劍術者今年八月徵明先生過我於東
中皇言我在廣州得異傳九月何克夫同志來訪以此
相問吾究詰之克夫乃述所聞則謂去年我游粵時

中國國民黨中央執行委員會用箋

有人於夜間邀我至觀音山後見一趙姓者相見时趙出掌拍吾背曰你来了我答曰来了 趙曰来了即很好了相視而笑遂别去於是所謂異傳者於默會間盡神得之矣克夫今年見梁海濱則謂實有其事叩其秘則曰謝某自知之但恐不肯洩耳吾頗疑全出於梁先生之所造蓋徵明先生與闓虛近而闓虛与海濱為友然克夫則与徵明闓虛皆不識遂作此書致徵明先生 初粤友問吾以劍術故訪梁先生既有舉其往行相告而加非議者吾以拋下屠刀立地成佛自古有其人又去年冬游燕京訪王

跋齋先生王亦謂梁習劍但推所練為有形之劍而

非精神之劍故吾不疑梁先生之或有他也

中國國民黨中央執行委員會用紙

德墈知之，许久不得汝函，汝母尤念不置。泥庽平安，惟汝母咳喘
两疾似较前剧，因此患感冒之时亦多，劝其就医，则以知我无钱、
坚不肯就。念先入务本女校之幼稚园，汝母爱之，念先知事，缠着
祖母。四勿就南京中央大学教授，甫民日内即赴杭州造币厂技师
任。汝三妹因脑受病，不能学专门，祇习打字及簿记，或者再学蠶桑。
五妹仍在同济，成绩尚好。孝初考上士官学校，此大概也。五妹去年
四月一日入校
即有公函请县局贷费，今尚可办否？孝初可否援曹九弟例，
朱九妹已取去年已領到
利生
我已托沈伤缴计会部一次缴费为两千元，目全约合中币两千一百元，能贷费偿还借款甚好
由县局贷费若干，汝其酌之。汝三五妹寄汝夫妇函，宜随时作答

并宜常常發家書，使我知一家近狀，至要至要。不宜再如現在之久不
來信也。南京三次全國代表大會，其中央已指派我為川省代表之
一。共指派九人，我與向育仁、陳杰、曾擴情、吳汝人、盧錫卿、黃季陸、張羣、趙鐵橋是。
我置之不理，因我在黨務上之
關係，應自尊我之人格，非全黨統一，我寧喫苦，不厭不諱是非，祇問
個人地位權勢，故拒絕不理。但從私人關係上論，則在南京之在位者（省）
如胡、張、李諸人（洪民、靜江、石曾），皆我打算本可威級，所惜不由其道也。銀行事亦因
政局未定，暫緩進行。現在大局又起糾紛（恐數日內即爆發），不免於戰，吾甚憂之，以
此次情形，恐釀成混戰，復見分裂。現在川局頗僵，昨接成都來電，劉

子乾、毓秀、邵香康田、顾尧向育仁等
梅定三月廿六成立省政府，催在外委员还蜀，此事我决
定不理，因大局有变，则川局更无办法也。张閗明今日来见，係耶日由
滇回，上海，遂向我借钱，已允渠四十元矣。耶叔实先生（在新加坡来函托我）与官惠民上一
克百元作富利宗学费（惠民作還川路费），说明由惠民家匯交自流井大坟堡乱一嫂
曹宪章（二姻伯）今收转交曹利宗，汝可催惠民之父有伦速办，因缴学费
104 已迟也。我在江西所制磁碗数桌，嘱寄存重庆朱四先生家，续
汝派人往运，顷已烧好，我亦通知必禮先生矣，汝得必禮先生收
入函知时，可即往运回家，珍惜用之，以遗後人。汝[illegible]大妹如来下来

滬則莊叔兩表妹當如何照料汝宜就近處理此事也故
育局事務汝宜平和公正處處謹慎行事我既不常歸則汝尤應
小心也亂世切不可與人結怨尤當善應付小人體先教育今
年汝何著手矩懷兩孩無病否和華諸兄弟姊妹等我未嘗
息忘也汝夫婦等　祖母葬地得否汝用度宜儉省起居
宜養攝餘事欲不需我說矣　三月十七日上海父字
舊二月初七日　媽說姐姐過滬來時叫大嫂攜二小孩同來　因媽思念故也　潔修批
汝夫婦及小孩照一像來汝母欲一觀小孩一張也
四媳病否　五叔及琳嬸併弟妹共照一像來　又及

德堪知之：三月九日函、内附像片三張、業於廿九日收到、一家皆喜。惟歎汝春秋之長、而汝婦之瘦於昔也、體先較健、而聰穎之態遜於前、矩先似頗文弱、懷先則精神充滿、範孩似亦不彊、此就像片觀之如此、實際不知何若。昨日為汝生日、汝母念尤切、念先則依命遥拜祝乃父乃母之康寧、計家中必有客也。汝拜五叔及四五兩孺否？來書未提華和諸弟之入校情形、實無以解我之慮。五叔需資本五百元、我無以應之、則今年五叔事業如何、汝亦須告我。張明已張光斗先生之銀匯巴黎之人、詢涂伯純便悉已還國、暫留上海、在我手借去四十元。何炳雄已離汕頭赴南京、在

惜四十元外，又借去十元，可告其家，能楚交汝手甚好。本生祖母葬地已经得

至若离故乡太远，子孙扫墓微嫌不便。据瘗者言，当年因期不好，改四叔

之处，与堪舆家言相合而起葬，并非因地不好，则谓一好期，仍与本生祖父合（本生祖父葬处）合

乾燥无水，今本生祖父不能迁葬，故我有此想

葬，将觅地用费来作（修）理墓道，岂不省事而便。猫儿山祖父母葬处，恐有水

汝引堪舆斟酌如何。猫儿山向大河一面（山上庙即向大河），是否山之前面。祖父母墓右，是否山之之

背面。汝试详察之，如系向河一方为前面，则庙之下大土墙内或可葬坟。我祝

不清楚其地形，以青桐林之包护猫儿山渊之，或者可以一勘察也。同德公已折

移，则西门外同狱祥如何，汝何不告叔耶。

父字 四月十七日

阴三月初八日

總懂知之。六月箇電收到，居不知汝究未滬否也。汝母之病，我匿滬寄汝一牋，寄略言之。居國處次反覆，自七月十七後即入於危險，且常室病若數人。廿二日康慈（大妹之最幼女）竟以殤去，汝母於前日退出，距今已以個對畫（指六月），未生發想，能從此日即平安矣。念先病後咳嗽，未紀骨瘦極矣。今日又由四分楊趙日本醫生處診察。處其陸傳師部也，家困中又遭病厄，善後之法吾未曾計及，如計及亦無法，不若寬以處之耳。汝仕路事，毋爭，毋私，毋結怨於人，當圖勇退。如此函到，就未赴程，宣即就道。父字 七月三十日

4970

俱悉知之。昨接兩函一商電劉軍長一告楊李兩先生來查。比經斟酌不能發電至成都，又料楊李來查必有正當辦法以資結束，故仍電促汝辭職來滬，此則於慰汝母病之外而又欲汝之不管縣事也。及前日星平來款，乃知汝不能來滬之關係圖學爭端及彼此查帳等劇亦大略詢悉。汝辦事素來疏忽，竟於此次為余某所累，當有警覺矣。凡辦事用人宜慎，尤其用管理銀錢之人宜特別謹慎。不意汝用余某至於此。計楊李於八月底可到縣城，今已九月十三日，當能得了結。

0[illegible]0496

之法我日夜望汝清息也方今正氣不申中國如是省如是何怪
於縣之亦如是吾人當此只能取善勸與調和態度不宜插
身於爭鬥漩渦不但遠禍亦所以遠辱免麻煩也故我常
於函中囑汝勿涉縣事勿與縣人爭是非短長而獨於一面
經手事件則須明白清楚今乃不察時變與惡人為敵
於一己經手事件不加檢點殊失計之甚矣如楊李查後
有難於應付之要蔑得汝函時再圖補救我之不能發電致都
汝當能推想其故函中不便明言汝母病已全行路日健

[illegible]可復元念先令日入校受课我及汝妹等皆於时局又入

於動搖时期真令人不得安息也秋彫寒石宜慎衞

汝婦及體矩懷三孫入秋無病否

五叔一家近状若何

父字 九月十二日

自存

天風海濤館六十自述

柳橋題

两点说明

1、该自述是先祖父慧生先生在瘫痪五年后，于民国廿四年口述，印有三百份送与参加六十大寿庆典的亲友。

2、此份是自存的底子。封面的"自存"二字及[illegible]的毛笔改动处，皆先祖父用未瘫痪的左手所写，数处已在印刷时改正，也并未印刷。

谢以田 拜记。

天風澥濤館六十自述

民國二十三年九月十日 即夏曆甲戌年八月二日

余生近六十年學問事功無所成就修身養性更屬旁皇自視蓋赧然矣慨自有生以來父毋之愛也教也師友之誨也督也既已受之獨異於人而涉世以至於今可爲之時非不多可退之機非不熟所遭際追隨而晨夕與共者又非不賢且達也然宛然一身踯躅故我國則日損行則日荒早夜思之誠如臨

上海二戌[illegible]承印

深而履薄矣今雖病也歎歲月之云邁人事之靡常

爰紀斯篇聊當自省云耳

余姓謝氏名振心改名振新又名持幼呼桂林字銘三改字愚守又字慧生名讀書之齋曰天風澥濤館

先世於有明洪武自湖廣麻城縣孝感鄉還入四川遜清之初還於富順居縣南二十五里觀音寺坩近之吳家場得地於場之東北曰錢家沖蓋界觀音

旧地在場之東北曰錢家浜蓋界观音寺与石頭寺之间观音寺

陰其古之山宗所奉也吴家坊其已廢今之亞背包也

余父輩兄弟三人姊妹八人所後父芙卿府君 諱 子芸行之

本生父鏡湖府君行之 諱 子蔆行三而伯父印芳圃府君 諱

予其行亦已

余家有田数十畝，地名蹊沖坳柿子塝。祖父棠先府君讳启兴以償債故，遂賣。伯父乃廢讀習為商，所後父與本生父不能讀，

故十

亦習為商。遂圖售田以致什一。

本生母之方孕不育也，祖母鄒太夫人病將不起，呼余本生父母而命曰：所生如男子，宜以後汝二兄，死無世，吾不瞑也。故余生三

二十六

追悔究何及耶

自丁未亡命其年冬十二月商店之經紀人忽出走（失踪）蓋避其債之彼逼也次年清諸債權人議展限親族之中惟郎芳田姻丈實爲力焉

其他則有目視余父而急分道而避者自流井有商股二百留歲息十二余父商得股友同意按月須支作陸諸入校之火食費不言其

可以見矣

辛巳始讀書師鄂北陳先生壬午癸未師胡靜安先生甲申乙酉丙戌師族兄謝桝芳先生丁亥師鄂南陳先生戊子師袁先生己丑師黄先生皆誦背而已。

庚寅年十五始從袁康田先生遊講釋字義為八股文季同學者

僅劉國欽一人挑燈夜讀每至雞鳴也辛卯同学稍多遂染惡習壬辰

11

入学未幾而患病而還居於家

癸巳從姜選臣先生游未及匝月因病而返

甲午從高篤臣先生游設校南浦書台以來從東山寺丙申從讀易洞

学乃大進

丁酉自習於讀易洞作八股並劉武之先生改易之

戊戌年入江陽書院肄業院長簡達齋先生又為讀書之会購書

報講救國矣忽而清廷肆殺戮人劉裴村先生及於難会遂亂解

冬十有一月九日辛生父見背先是不肖聞病晨遂往視但覚痛楚而

不肖聞亭午猶起用晨餐也餐陋極矣以父母三兄弟四妹共九人僅

四合拌牛皮菜煮粥為饔食已余入城覓醫延至下午家中清人來及歸
始知父已殁矣始清人來催也疏忽之罪何可言哉以所後父之助始成大殮生不
能温飽死而薄葬傷哉
己亥廢讀為商初幸生父遭横白眼久已痛心及所後父債逼病生亦未輕
視尤雜言者出於蝎勇之親又嘗受惠者也遂因股友託病之難而出佐
所後父經營商業
夏縣試仍試為之無並送文高先生改易已不成文責備者之嚴也冬

十一月補博士弟子員以禮論余不應入試以文論余不應獲隽今竟
礼而為之真僥倖之所獲也

余幼習負擔每役最輕以四十觔為準今入二庠矣乃命已之

往商備乙年例綜計並贏絀初以業勝於昔而利祗倍之及揭算

贏

絀

自然蓋不然而反時也求其故不可得歷時既後乃有言者告矣用

人之不可忽也

庚子仍為商五月早縣鄉隍廟將演劇廖瞳友楊古修田策始

楊思聖及余照以劉資作賑而更以惡穢逐陜為言乃劉假經濟以故余乃致書劉良詰焉反觸其怒七月西走叙州揭其事於府

因水道至瀘再應川南經緯學堂招生考試

余學既荒落又已為爾自分与草木同朽矣及僥倖入庠而希望忽變故更見招生之文即已摒擋不待躊躇矣八月遂入川南經緯

学堂肄業

初入校也即為斋長学識不足同学多反對之然勤学自守不敢有過擬以守愚兩字酌易錫三請教於趙先生先生命字曰愚宗更名其齋曰天風海濤館於是講通經致用尊聞行知之道而周先生亦善陶冶遂與從前迥不相侔革命之說亦怦然動於懷矣

辛丑秋偕同学諸友策馬到忠山馳赴〇〇〇馬前後蹄跑余右部受傷頗劇同學有肆為惡言者聽之

壬寅出校侍周先生於成都癸卯春周先生命以体操教官兼之学警察者言語不謹遂致囂然旋受四川勸学所總辦之聘任某戰氏中学校之新建校舍者皆準以圖圖則舊且腐也余步量

46

尸之

夏初随周先生赴粤[redacted]至广西之浔州师责去严旋亦归七月赴

粤八月舟发上海甫过吴淞即病中秋过宜昌舟至霸王梓几覆

霸王梓在巫山县下游秋涨时深漩大作或历之为平地焉遇漩

则沉也

甲辰年為樹人學堂教師以○○已開辦府順祥第二小學堂廿年任事

平十不龤周旋頗有今人不懌其買怨結仇實自茲始

每年春縣中三費局例燕紳名曰看帳蓋出家出入酢知人士之積

弊也余見滿座若干人互無翻閱帳揆其遂起昌言由是局董

紳十及同事皆惡之

卅

是年孙公之谣震绝遂四出演说主张设团练学堂知之人不喻

而恶其新也摈而去之

知县徐公季同趣於翰华察布岗之日即被枪毁罢市嚣然至

有呼余所为於县之害者徐公因此去职而嘱余顺应世变慎与图

维其善全不肖者哉

縣人之毀余者甚继任亦受之遂至省派员查核後派知府查勘又
派省视学震查並疑弟二学生之建築有侵蝕也幸清白得無事
暑假俞翰先志学生僅一学期卒因金盡而已而家境亦艰借钱
五百缗又屬邑址縣之人思起蹈余因鄧丈峰三之言遂魅訴一稟
[illegible]之而後[illegible]案遂已

外

丙午应芜湖小学校及蚕桑学校之聘甫学即辞小学校独任蚕桑

学校收藏甫毕遂因故决然而去之

△

丁未春复应富顺第二小学之聘逆二月入同盟会任同盟会富

炫

顺分部长六月所以父六十寿辰不俟庚延父之志也

周先生以候补道入川为商务局魂总办电召余遂赴成都委为

二十

商務總局文案其時腦已病病作須赴植物叢中經二三十分鐘

而後愈九月周先生赴渝乃將欽意革命之業遂定十月之首日起兵

援省城及期不濟十月廿二日余請假還家其夜省城党案發被捕

此數人皆与聞之首事之同志也十一月之八日所後母華太夫人六十歲壽辰

十一月八日本生母林太夫人五十二歲壽辰同志之逃脫者來吾家遂

谋所以营救之步

十四日黄澈芳来自流井与曹叔实及余面度一切余又与省来游友商于自流井之王三两斋甫陵山二十日入省乃知被捕诸人已将余指出且及所密谋焉余之入成都已险极矣细计不如出之次晨遂出南门走嘉定顺流而至泸州居于易倩愚先生家

余之出亡也改姓朱氏幾患生乃作家書顧念家艱惟有痛哭

而家中得信震驚余父尚支持赴市毋則憂傷余妻竟爾自盡

汉

先此幾一日蓋余之革命隱於父母妻子出意外故也

居數日赴盧青園同志家旋姚覺沅同志偕陳叔瑞来熊錦帆同

志亦来

戊申正月五日還滬丹居於丹徽西门外天子殿月終佛嚴來諸舟見
之次月邀姚星沅赴二甲岩張氏學校又次明幽耗玉則滬丹汪灼然
忽變捕謝偉頫同志於貢井以獻矣先是余在滬丹正月十五夜飲
於易先生家晏庚言川南道尹趙樾告温筱泉余已變名偉頫
言之色變故官廳之志在得余而灼然叔怨故及偉頫
余既赧報各售筆共主局順籌路資而楊子雲同志挾五十
[illegible]

釗來一宿即返吾党之戒首重釋怨人知子雲為惡余生而不知已入党

矣故不疑之乃全即赴瀘舟樓船以至重慶

到渝寓孫垣淩宅晤兩同志來以實告之遂遷居宅晤出館又

見朱叔痴朱必謙楊庶緇張左丞陳新之諸同志而於叔痴有深契

與馬遜三兄之矣待黃復生來乃偕孫垣復生東至於上海

舟过夔府入市有呼余某者视之商人固知改姓之不可也至宜昌遂行

卅

姓谢氏

在沪四川同志于蜀商公所集议策覆蜀之动作余以目病自择

所之住地旅至武昌借居花园山息影焉遇王葆孟叶绪之亭李之

九

支因为画策刘燏冬季返渝密张表白刘季恢刘丙恢家

己酉春与黄圣祥相見還偷刻五弟肇唐皆陪郭仲挑妹倩已先至矣向之請所以父母幸生母安家事識不能問向也加入季恢諾同志之小團体小團体無名而為成都高等学堂優級師範学堂兩校之為学生者所發起擇同盟会內同志而為之者情義之厚與應之團人因憂心而革命 革命既成即無要約然患難之交久而彌敦

至今尚滋生也。斯氏回国以来招人游牧也不少矣

赵先生旋过重庆，阻于众议，遂家之。谋返复至上海，任新中国大学之监督

依中国传令人李相地牧牛羊，遂赴开封，有刘武之先生，因见刘慎予

尝至滑州，又西入长安，窥江津人萧华，出同志，交与焦子静、井勿幕

诸同志见焉

先是既改姓朱，故乡都之寄信长安也，曰朱惠生氏，由尹仲锡先

、、事之又罪使不禁皇然尝至同官孙文赴凤翔见潘子敏肃心

田间劲草於中学校居数月邠汧青至旬地数百亩於凤翔东北之山

中日张家山道缠头短襖磨麪窝炊与牛羊马为伍矣又借汧

青棡地至陇州之高溪川吴山一带

冬虞锡卿至余家省余父母起居献金为寿并以余动作为余

父母言之余自是时与锡卿尚不相识而其情可感也

~~曰張家山老迷緯劣旋禖麇蒸索欲与半洋馬为伍矣又偕汗青相~~

删

~~地至隊卅丶高漢间矣也十万~~

庚戌冬十有二月得所後母見背之信即与四弟陸行夤夜至家哭

乩

見老父及本生母兩先人哭尤悲出視母殯則荒塚一抔矣怨夫見背

之期十二月十三日也

自余亡命一切尽委於吾妻家境清寒至不可說老母竟因生

日而感老父之遭债離家及弱媳之零丁入市而病以不起居丧
之苦殆已卯人余玉欲拜吾妻也
伯父長子健廷兄竟餓寒亦乞見余而傷竟不起二侄亦旋殁余
以革命黨至無家而伯兄則已如此竟斬其祀怨夫
辛亥二月命四弟入秦赴張家山余遂至隴任巴蜀女子学校教

員叔癡力也須計以五十元雜用以百元寄家因迎老父來渝乃老父

以

見不肖交游慮無以為應亟謀歸

川漢鐵道之歸國有也蒲罷被捕遂起此爭黨人分趨罷布班

遂益楚勞余与同志謀援渝以應及武昌起義余每夜至張烈武（列五）

收

交計商時楊滄伯朱叔癡之謀多而烈武（列五）尤能發舒也

卅

端方之率師入蜀也，舟載軍火以隨，將過涪，丹党命余率人赴長壽，欲伺而劫之，不濟而返。

十月一日，重慶革兵不血刃而光復，革張烈武（列五）（培爵）為都督，夏亮工（之時）副之。蜀軍政府成立，先是集渝滄伯叔癡皆曰都督之選不可忽也，吾渝人具知巴縣同志不敢自任，計惟張謝二同志

任之列五與余皆遜謝余自省所決機智不如列五遠甚而列五又

謹乃臨時推列五率兵入議場故遂推為都督居二日都督乃宣

〤〢

黨令以不肖任總務實長躋而敢辭非所任也

法令不完用人惟謹故民主之初而政當歸總務實叢脞極矣

〤〣

每至夜分輒几中權臥蓋義務之心不敢不勉也

民国元年有党人有主张与开哥老会共昌之不可惟力言政府不可与其事因开同盟会议之争辩至恐至变乱事定忽见仲秋妹倩来书老父病且重遂於都背翌晨挟金百两率子家回归刘虎村孺息去过家中专人妻侄锺秀光抵虎村橋则老父已於十七日弃不肖而去矣呜呼

本

夫父母既殁迎庶生母同居

適月重慶、成都兩都督府合併，虞上守備，列五赴成都，來書催促，遂要列五於隆昌。其時吾師周先生亦至隆昌，遂與佛嚴往見。

及到成都，商定以尹碩權為都督，列五副焉，兼持民政務處長兼都督府仍稱四川都督府，重慶都督府廢。

慶伯與余副焉。

余嘗見鄉人乃因是而生意外，竟有藉余影射而謀官者當謠之興也，余不知影射在余及袁佺某以告，於是不動聲色而委捕之，躬之人二焉，皆嘗來余處者也。是交都督按名法究傳兩都督當衆兩審鞫之，余果無涉犯人，定罪有差。余以知引見鄉人之當慎矣。

某初獲造偽票，是來請示。以律不當死，而票既判殺無赦也。衆默

如為律余獨核重而今日殺之至今以思悔何及耶

彭月後文武分職武仍都督而文官則民政長也~~劉武~~列五任民政長下設

刪四參贊余尸其一

胡景伊之繼任重慶鎮撫使也收集兵權而熊錦帆同志方率蜀

軍歸景伊軍者以遏之敵焉余遂銜命兼程而往重慶至乃

以無事故最後因從余言取銷鎮撫使變更組織
是時李石曾諸人方提倡遣學生留法設留法儉學會以張之余子
法始年十七遂與列五之子瑞畫偕行及余與袁世凱為敵而出亡也
以倚一歲之學費於朱芾煌君焉
十月列五去職因被捕也余遂交卸還家經營所後父母葬事畢

卅

赴滬会興到廷武入京師

民國二年被選為參議院議員袁世凱之野心帝也殺宋教仁而

並着泉黄復生与余躬去之遂由滬挾炸藥并黄黄克強先生

三千元而往北京同行共同志而歷遍初之秘書周予覺也先是北京

有組織共十人黄復生易僑恩黄斗寅趙鐵橋鄧鏡秀厲叔向

及周予觉周予瑾任某熊某余最后加入至于此事则有未及知者及

予觉自首而余遂被逮（述称血光团）此五月十七日事也搜查无所获议院又从

而攻之余得律师抵诉之法庭而世凯派人暗杀遂避居东交民巷

及出而熊讼也适佩岷衔师命来以必此告促偕避往之东渡日本

抵日为书以袁世凯擅捕议员告天下

須之戰作討袁之役皖蘇閩粵皆旣其敗蜀將岸兵時余還滬與烈武計議蜀亦必敗矣

於還蜀共之忽有以貪功議其後遂中止仍赴日及四川之黨人大集而

計設川事則大迂焉余惟自省而已

民國三年孫中山先生旣組織中華革命黨而求同志益切余因

滬伯致謝英士來訪未幾而受總務部副部長之命總務部部

收

長則英士也英士爲國奮鬥在日本時少竟以身殉

總務部之責任本重凡党人之入内而出外也皆取決焉英士既歸則

帅

遇事就決於中山先生也

党人之家日本也多不給而党部按月給之由總務部核定有弟之給

或給而不足其則怨至有以杖擊桌於是知不能出家之艱難難党

九

人亦有為是言者

五年中山先生還國余留守黨部及袁世凱死余亦還議院恢復遂仍

如

入議院為參議院議員而陳抱亦還國於上海相見也

自袁世凱死黨人之還國有至北京者輒言窮特通信於朱芾煌

卌

以給至今債務尚依然也

於
本党更名中国国民党余被命为党务部部长[illegible]
六年五月余眷来北京六月黎元洪解散国会张勋复辟余与春[illegible]
偕
走上海依周先生[illegible]以当活
中山先生率海军护法而赴广州也余遂南游国会举中山先生为
大元帅余为元帅府参议时余窘甚贷百元不可得余人之[illegible]粤

此部款午君係以千元様是滙滬而家用及子女學費以濟不可忘也

兼代理秘書長

七年中山先生辭職去粵國會仍推余為總裁代表徐謙請假

乃以余為司法部次長代理部務繼之

本黨改組後余仍被命為黨務部長長總務法國

周先生張仲嚴與朱子橋倡辦鹽墾也擇地阜寧設華成公司

|

後又因地盡撤沒泰和公司余先繳金以入股及今債固償矣而公司則未嘗獲利也

九年廣東因省長相招余遂函中山先生略陳應去之道，亦辭代表，中山先生許之。

秋國會遷於四川重慶時楊滄伯為四川省長呂漢群為川軍總

1007

司令遂還川而滇黔軍不睦黔撤兵因之敗績余眷家已至懷德鎮

沮兵退泸州沱江浮橋兵乱其夜徒步冒雨渡大江而南次晨至泰

安場乘舟东下及敵兵到渝尚為商会事步行白象街与追兵相

遇也

余離川已八年矣今日返川幸也乃至懷德鎮離家僅百里而遥竟

沮兵反走依本生母望子之心不能稍慰五十一年冬遽抱终天之憾

好

也悲夫

還滇逼粤军已回粤中山先生与伍秩庸唐绍川两公及陈炯明为

仍

总裁中山先生委任内政部之长名余赴粤以内政部次长相委事

十年

十月国会举中山先生为大总统改任总统府参议旋任秘书长其

卅

年由港返國

中山先生擬免陳炯明職而召余商之余曰先生視汉民精衛為

何若無異議可也若異議或去而之他則不可且炯明在桂須視仲

啟

元之意也先生默然

十一年余春來廣州其夜總統府火生余卧室樓下邓仲元

於之過刺余甫与分手之車後也而六月竟有陳炯明之叛變

陳炯明之叛也渠駐在兩部將葉舉自廣西還駐師廣州六月

十五日余与廖仲凱入葉舉兵營尚不知其即變也其夜風雨

大作夜半而亂果作矣乃赴長堤路遇中山先生乘軍艦趨省城

訓遂受命往長洲港壽艦隊師去中山先生還艦乃返

旋往北京黎元洪以総統出席國會因与鄒海濱魯之而辭同元
洪堅邀未就黎元洪旌以嘉禾章不受
冬十月先辛生母見背因電致奔喪人以四川之議未退余思無
法止設[illegible]位而哭焉悲哉革命果如是乎
十二年滇軍受命逐陳炯明中山先生又還粵岸為大元帥嘗其
離上海也以孫文印見畀曰凡文件概由總理簽名要決其意以妥
託焉辭不敢任遇大事仍請示而行之

吾党与俄接洽，余亦赞成其议。於十三年一月开第一次全国代表
大会，改中央为委员制，余被举为中央监察委员会委员。嗣知共
产党诡谋，并有证据，遂于六月五日，余与张溥泉、邓泽如两委
员提出弹劾共产党之案。
到广州数日，即以病几邻於死，及入医院，始知为医人病人之剂

也耗党金数千往陕数月返沪犹借孙哲生千元以归也

北京曹琨之贿选总统也国之正人皆反对之余为议员尤不敢苟

及国民革命军起党人之在北者拟定数人请组织军事委员

会中山先生獨靳於某君不予委然某君不可靳也余遂矫命委

之及中山先生来沪乃请罢焉

冬中山先生行道日本至北京病危遂偕哲生儒伯諸人赴北京
時余元氣未復住西城病為陳列所調養及十四年中山先生逝世
黨人因共黨關係有東南為陳列所集議者余計共產黨易
治而黨人意見紛歧為最難也遂赴表所為哲生海濱精衛三
人言之精衛以組織黨人幹部可相調劑黨余所注意者多

省々同志也初不實胡汪鄒廖之為彼更不實過之不肖亦見棄

1925

於同志竟如是也嗟夫

秋九月赴粵為商共產黨事而與異主張廖案突作大波以

起不肖方負傷乃已涉嫌在必除之列沒死得逃為蔣介石所

計

同志之愛護恐已不可言矣被迫還滬請黨之計為國大夢

四川軍隊之入粵也總理在時已屬望之今實現矣故雖被奧秋
以為言乃不幸而有後來之變也林自勉忠實無他而橫遭凶
捕以病困之人忽而罹此何痛如之一再為吾言於稽衙不能自
已也

江

廣東意外之變日亟皆共產黨之為祟也林森子超鄒魯海濱既出許

汝等復行清黨之計不能再緩於是有十月白雲寺總理吳前

開第四次全體委員會之年而上海乃特設中央黨部余身與其役辭事之將未清

冰

黨實錄具言之

十六年夏當南京政府事上海清黨之先派人來見余與商合作之道事後

忽有查封上海中央黨部之舉雖未辦到然貽笑外人可嘆

九

息也数年辛苦于党究何裨哉

秋
十六年南京汉口两政府合实行清党遂由汪精卫孙哲生派人来沪接洽亦遂沪宁汉三部会商开会之日决定沪宁汉三部合作成立中央特别委员会即赴南京分别开中央执行委员会宣布之上海中央党部因于紫荆山总理陵前开会宣布澈全党统一之概也

余被举为中央特别委员会委员兼常务委员又被举为国
民政府委员
数月乱作全党又分斯时党员门户之见未除竟有不惜牺牲人
命以快一己之大欲者退居上海所不顾为共党之事再而南京
大张标语打倒谢持撤销中央组织惨案委员会各种印刷

救刊物風起雲湧一時是非黑白尚可問哉

滬居不易生計迫人賴程鴻軒徐可亭鄒海濱許汝為諸公

收之接濟

十八年赴北平因時事之關係十九年同閻百川馮煥章兩同志舉

兵與南京兵戰於豫魯黨之人組織擴大委員會議於北平余被舉為

中央擴大委員會委員又被舉為國民政府委員及入太原議訂約法而退退居天津事之始末中央擴大會議實錄具言之

二十年二月十八日忽病半身麻痺右手右足之癱軟不仁卧而不起廿年三月時廣東已立國民政府余亦被舉為國民政府委員九月十八日瀋陽禍作次日傳於天津遂還北平不及待大

沪

車乘汽車走通州大道也
於是南京議和（遂）与會商於上海（往）亦南下觀之及議成余为中央监察
委员会委员又被举为國民政府委员兼西南政務委员会委员
余之（由北平而沪）往上海也住十餘日即赴杭州（又十餘日）前曾患病遂復作中途進附（時十二月五日也）
子生壟桂枝病遂劉全身作麻有名已死今已二十三年九月尚不

然行有生以來病以此為庚辰最久也嗟夫

余有弟二人妹六人弟曰仲光振鴻稱之四弟已殁又次弟曰仲琦振清稱之五弟皆本生母所出也所後母生兩妹長早卒次適郭仲桃舒

四人則本生母所出長適陳炳章次適劉子文次稱之五妹適邓任俊

次稱之七妹適劉季讓

余有姪男六人法和（家玻）法華（家曉）法垲 法愷 法滌

有姪女四人

余有外甥六人曰郭貴珩已死郭允伊陳（黄瑚未名）（紹）槐已死劉隱錫邓明益劉

外甥女八人曰郭志伊郭嫻伊陳寶玉陳春玉已死陳○○陳○○鄧明

和劉○○

余有子一人曰家田字法[illegible]有女三人長曰法琬適曹四多博士二曰

人長曰德琬適曹四勿博士二曰雁君適羅甫民工程師三曰祚涵德國留學生有孫二人聯模體先聯楷祈[illegible]孫女三人念先懷先誠先外孫女一人曹詠先

余所已經歷者大略如此險阻艱難窮辛苦辣甚而至於與死生爭呼吸者皆具於斯亦極人世之大悲矣方今世道凌夷國難日厲而人民憔悴之甚與家之生活成正比例焉忝贖膏脂惟圖養病尚望世之賢達諒其愚衷而教正之不勝屏營待命之至

上海[illegible]紙印28

附录二　谢持先生年谱资料

谢持先生年谱资料

撰写 谢体先 访问纪录 谢念先 谢令修 谢懿珣 谢静珊

《谢持先生年谱资料》系二十多年前经家族内部搜集整理，主要由谢持先生之长孙谢体先撰写，由谢持先生的四位孙女提供访问纪录，以作年谱撰写之需。但是，一九九一年中国国民党党史会在台北出版谢持先生传记之时，由于其时的主任秦孝仪先生多方限制其内容，至使若干资料未得运用。而且出版之后，本来就不完整的传记也全部封闭，从不让出售，故许多比较珍贵的史料未能够与读者见面，更不可能为史学研究者提供参考。

这些资料包括三部分，一是按照时间顺序写的《年谱要领》，写到一九二三年为止；第二部分是对于二十世纪八十年代初期还活着的老人的访问纪录，主要有与谢持先生的女婿曹任远（四勿）、上海《新民晚报》创办人陈铭德先生等人面对面的谈话，这些老人当时都已经八九十岁高龄。这些纪录是不连贯的零碎资料，但是其中蕴藏一些早已经尘封的历史史实和见解，也许对研究者有所裨益。第三部分是与谢持先生有关的一些史料摘抄。

所有资料都原样呈献给研究中国近代史的史学界。

一、年谱要领（阙）

二、访问纪录

曹任远先生答录：

（一）要理解你们的祖父，必须理解什么是东方文化？什么是西方文化？（你）祖父相信孔孟之道。其忠君（思想）现在是糟粕，但（归根结底还）要看是什么时代。不忠君，（难道）要忠于敌人吗？就是现在也要服从法律，法律内容依时代而转移。忠君在那时代就是忠于法律。不忠实于法律，国家无从强之。

（二）王船山他们这一批人说的话是从坏的方面去批评，正面的话是从好的方面去发展。任何思想都有这两方面。你的祖父不去贪污腐化堕落，就是正面发展孔孟之道。从前皇帝有好有坏，不爱老百姓的就不叫皇帝，孟子说得一清二楚。社会总有坏的方面，不会有完全好的，（否则）那就成了理想社会，那是不可能的。政府就要掌握好的，不然就应去掉，老百姓就不要你，今天就是革命。一个政府贪污堕落，那还能领导吗？这就是基本原则。这就是你祖父一辈子的动力，这是深受传统文化影响的结果。如意大利有三杰，其中的马西列就如此，宁失败，而（也）要遵循道德。他当时在英国，要回去革命，英国的海军大臣愿意为其提供武力，马西列说『我不要』，他回去就因为没有势力而失败。他宁失败，不要外援，这就是民族思想，这多漂亮。哪像很多法国人就不愿打仗，宁愿当亡国奴，而□□□（按：当时没有记载这是谁）说就是要打。你祖父深受宋明理学的影响，那时候就以『民族主义者』自命。

（三）中国人好用成语，每一成语为一历史经验的总结，哪一句不是？

（四）除了仁义礼智信，还有什么社会道德？鸡狗一堆堆！人类有家族，这是特点，这是社会性，人的本性在此。人性太要，天正无邪。

（五）中国传统社会人的思想，就是不肯吹嘘自己，凡遇事，好人就不变为人的原则，没有修养的就变了。受了什么影响就做什么，这是下等材料，但并不是坏人。那个时代就是要正派，孙先生一辈子就是正派。他用祖父的品德，又容许祖父反对。那时有一个（人）叫张继，又有一个（人）叫刘成禺，为人都很正直。广东时代，孙先生去桂林阅兵，祖父代理总理，孙中山先生临走时下了条子，把这二人赶出广东。不是这二人不好，这二人闹得孙先生没有办法。当时需要人去华北主持政治会议，你祖父仍然任命张继前往。孙（先生）回来后，你祖父去汇报，孙先生说『办得好』。这些才是传统文化，哪里像有些人总是说『我又读了《天演论》，我要革命』，愚蠢啊！

（六）你祖父读的川南经纬学堂，主要人物赵熙，是提调（校长），提倡正义，有正义什么都可以产生。周先生（按：周善培）也在那里，是学监。祖父创办的富顺第二小学堂是全川第二个小学堂，里（面）有三十几岁的人，有秀才，有廪生。那时什么人都在求新知识。经纬学堂主要讲传统，讲中国文化，经纬嘛，『经天纬地』之意。赵尧老就是一个很正派的人，例如，在光绪时代，庆亲王等于内阁总理，发生三赵弹劾庆亲王，这是很有魄力的人物，可歌可泣。赵（尧）老的书是怎么读出来？他的父亲是一个有几十亩地的农人，不欲他读书，他以枕头冒充睡觉，提灯到山上读书来。他十八岁中举，二十一岁当翰林，前十名，得编修，太了不起。由他办川南经纬学堂，怎么会不出名哪？民国时军人都很尊重他，川军打仗，绕三十里而过。他对人有多好？我在日本认识他，后来到荣县去看他，要我住他书房，守我洗脚，多亲热呀！赵先生（尧老）照顾我是发展善，是社会性的表现。那时救灾，赵（尧）老写字来卖，大约一百元一副对子，钱用来救灾民，这些人多了不起！你祖父和这些人联（在一）起，和社会（也）联（在一）起，跟现代人根本没办法比。你父好玩，但没做过坏事。

（七）在日本时，有一次周孝怀先生来了。他和孙先生老交情，和岑春煊交厚。岑春煊请客，主要请周，请你祖父，把我这个娃儿也带上，还请有孙中山，还有其他人，我记不得了。席间，有人责备孙中山说：『你南京（临时）政府应当与袁世凯拼，为什么让位？让位让坏了。』孙先生说：『是错了，是这样。』孙先生太了不起，在此可以看出他的品格。

（八）我昨天为什么叫你拜访陈铭德呢？有一天你祖父与我去见孙先生，谈到联俄容共问题，孙先生急了说：『大家不干，我一个人干。』你祖父说这是两回事：『我也赞成联，但组织问题要分开，不能破坏我们的组织。』孙先生说：『那是应该的。』祖父对联俄容共政策开始赞成，只是反对苏俄利用中共扩张夺权，孙先生也说『夺权不行』。这些伟大人物没有什么了不起，就是认真、正派、自然。

（九）『中学为体，西学为用』是对的，但是一般人了解不了传统文化好的方面要保留，坏的方面该消灭，如果稀里胡涂一下消灭掉，国家就灭亡了。譬如创造新文化，除了仁义礼智信，能创造出什么新文化？你看《腰斩陈世美》中，秦香莲骂（陈世美）的两句话：『不忠不孝，不仁不义』的坏蛋。韩昌黎的『博爱之谓仁，行而宜之之谓义，由此而之焉之谓道』，西方就没有这样的文字。要把这些东西拿出来。自古以来，一个皇帝就利用这特点，把正义忘掉了。正义得胜，人民安宁幸福；反面得胜，天下大乱。今天，应把好的东西用文字，用法律固定下来，人民都要理解。那管你总统，你不对，大家（就）要你走。东方文化正因为高，越来越强烈，才可以保存到如此长的时候。但和西方文化接不拢。为什么？西方文化就是科学，是自然。科学，两百年的东西。西方人的东西容易学，我干这一行，原则我是知道的。但是他们学中国困难，这是长期发展形成的。仁义礼智，西方也有一点，但不在其中，东方东西难学。

（一〇）一般动物在进化过程时，一般动物有其性，要吃穿，为了生存起见，要保存自己，与同类动物要团结。人更是如此，故孟子说：『人之异于动物者几希。』团结是社会性，要求生存是本性，不全坏，需要。但不能因本性不顾社会，侵害别人，（因为这）是坏事。人应逐渐减轻这种要求，很显然，这就是社会的进化。中国文化，自来讲社会知识，如何治家，如何治国。什么伦常道德，西方也讲，但不深刻。东西方的发展点不一，西方文化经宗教，经政教合一的痛苦，但中国也经封建社会的痛苦。有人利用这种认识为己谋利，此在历史上就是封建社会的过程，每个朝代都从此兴衰强弱。可以得一认识：东方传统是在治国治家时，有些为善，有些为恶，但总往好的方面发展，虽不是直线的。此转变是长期的，现阶段，有些方面正在转变。当权的有责任，应把人往好的方面行，不然遭众人反对，那就是革命。中国在现时二百年，变了。西方在物质方面发展，中国没有发展。同时又遭异族统治和西方侵略，近代的灾难如此。其中有两点值得注意：中国文化本来不坏，遭此冲击，好多人就看不清。封建制度固然坏，但不经过封建怎么有今天？这是一个很大的灾难。说到洋人都好，洋人有无缺陷？中国文化的发展是自然产生，而发展多年的很好的传统，这是西方人赶不上的。中国人在现阶段很多人缺乏认识，拿到西方人几句话，口里反对全盘西化，其实是（在）全盘西化的借口下，而谋自利。

（一一）清朝末年，已相当腐化，其绿营士兵，唱起小调，把毛瑟枪扛起，枪上吊几两零碎肉，买回去吃，一路玩起走。成都办警察，规定随地小便者罚款口角。有纨绔子弟，故意当面小便后给钱。守旧的人们反对新事物，富顺刚设立警察所就被捣毁，上小学堂的学生被称为『转窝子』，意极端下流之人。老师更受到排挤，你祖父在第二小学堂、树人学堂更如此，我都是学生。

（一二）富顺给人的印象是沉寂万分，没有新书。自流井洋人办的教堂有五六十亩地，被烧过后我看见的。我经历了中国被日本、八国（联军）打垮。富顺县长徐樾，是顽固分子，与第二小学堂过不去，你祖父才离开（去）办先志学堂，先志学堂由赵化镇人高笃臣当校长。我们在第二小学堂时，一九〇〇年（按：误，疑为一九〇六年），全川第二，教员高笃臣（廪生）教国文。高家懂拳足棍棒，（学生）怕地方打，此学堂好立足。学校的国文强，还有动植物学、数学。记得伍孟源教体操，陈建人讲国文，曹三公教植物，新学堂没有多少东西。班上有二三十人，那时候好难办，学堂在城隍庙隔壁，小学堂办了不到一年就停办了，没钱，钱是募捐的。社会歧视我们，称为『转窝子』。很快，富顺成立了十字岭中学，大约一年。最初，我在街上卖鸡肠带，你祖父在街上看见我，叫我读书，入扳仓坝树人学堂。在学校时，我十三虚岁，祖父有次来，没进来，在房子后面叫了一声，我出去，要我上成都考商矿实业学堂。我十四岁去成都考试（规定十五至十八岁），你祖父已经逃亡。

（一三）中华革命党的总务部是核心，党人没饭吃，全要负责。陈其美绑票，石青阳炒地皮，钱都送孙先生干革命。那时你祖父与孙先生互借钱用，要写条，连我的学费都借用了。一九一四年在日本，穷到什么程度？我每月三十三元留学官费，你祖父都挪用，还挪用其他人的。孙先生也一样没钱，才有人要钱以棒打击你祖父，击中头部。

（一四）那时候相信人，我介绍了几十个学生入党。居正才提醒我：『你还没办手续。』

（一五）你祖父在日本研究政治经济学，看的书不少，一两小时要看一百多页。

（一六）你祖父办事认真，一点一滴都要清楚，但不为难人，得应办的事一定要办，不办则要交待。

（一七）袁世凯派人到东京拉拢学生，有一个江西人姓王，被学生几耳光打出去了。

（一八）川南经纬学堂出那么多人是时代所致。刚开始办新式学堂，不满现状的人都来了。正是甲午（战争）、义和（团）失败，清朝威望低了。这在康熙、乾隆时代是不会发生的。现在有人把问题看不穿，故拿不出道理来，只好大讲手段。

（一九）重庆军政府成立时，张列五率领一个炸弹队去炸。我的哥哥，你喊曹三伯，也是其中之一。他们只有一个真炸弹，其余皆在香烟筒中装上泥巴。真的那个一炸开，清朝官僚就投降了。时势到了那地步。

（二〇）孙中山当然失败，重要原因是身边武人太少，蒋（介石）所以爬上来。

（二一）今后非拿出传统道德不可，用点科学就是了，与『中学为体，西学为用』相同。旧道德还是要讲。曾国藩品德很高，忠君爱国是几千年的问题；事情处理极好，每年团拜，但曾国藩长期与部下不见面，只此一次见面，见了就走，视情况而定。

（二二）北伐以后，蒋（介石）妥协，并未统一。

（二三）胡汉民相当讲原则，他先拥蒋，是策略。汪精卫是后来坏，先是好的，他是帝王思想，是投机。你祖父一九三七年夏秋回到重庆，住在熊庄，汪（精卫）来看望，祖父不见；后来只有蒋介石和戴季陶有此作风，他们拉你祖父，拉不动就骂人。你祖父对联俄容共政策是认了真的，但是反对中共夺权，孙先生说『夺权不行』，我当时在座。我在你中，拥你，不讲原则，是假的。

（二四）李宗仁无奈，广东时，日本的大将拉拢他对付孙先生，李只是利用此来买枪。

（二五）邹鲁、居正和你祖父之间，从无相互怀疑之事。扩大会议失败后，邹鲁和我是从大同走的，坐在货车的牛马之中。邹鲁拟稿到环龙路中央党部来，一见祖父就商议，关门半小时即可，共同发表宣言。

（二六）你祖父的文稿一个字改很多遍，从没随便过。你祖父见中山（先生）迟，得到如此重用，当秘书长和党务部长，就因为非常纯洁，做事认真、谨慎。

（二七）胡汉民有谋略，与你祖父会见就是（谈）政党事业如何。孙先生身边的筹划是胡汉民，执行主要是祖父，还有居正，联络军阀是汪精卫，这正是孙先生用人得当的表现。

（二八）（我）与熊克武在一九五七年后就没有来往过，熊只比我长六岁。辛亥年重庆蜀军政府成立推都督，极其重道德观，人人都这样，所以没有熊。最先推朱三公，次祖父，再次推张列五。那时重庆一个兵都没有，当然该推夏之时为副，他到达有兵，那时也没有看见他的坏处。

（二九）林森也很好，陈炯明叛变以后，（中山先生）身边只剩下这些老头子。覃振也好，但不是很好。海滨也好。于右任私德不够好，大节好。张继与湖北刘成禺争吵，孙（中山先生）去广西誓师去了，但要驱张。

（三〇）扩大会议，许崇智加入，是你祖父把他加入为七人的国民政府委员之一，因为来不及，事先没有说。许崇智后来说，是他呀，别人我不干。这不能够只是用交情看待。

（三一）陈其美是最好的革命党人，他靠绑票为革命筹集经费。他与蒋介石都是结拜的十兄弟，后来刺杀他的人也在其中。陈其美下楼以后被刺，楼上还有三人：胡汉民，吴鼎新，后任安徽省主席，曹三公。曹先下来捉到一个，挨了一枪。当时中华革命党在上海有十个点，蒋一个，曹一个，我在曹的点。

（三二）冯玉祥的察哈尔抗日救国军，是『西南』通过我给的钱，一百万元。他加入新国民党是由我监誓，这在他的书中被删掉。我到泰山，他就关下窗帘说：『兄弟的眼睛是瞎的，耳朵是聋的。』他们对我是相信的。后来在南京碰见冯，他就不敢说话了，他那时与蒋（介石）在一起。

（三三）胡汉民被扣以后，我在成都。广东来电要我去，我到了上海，又来六个电报。你祖父说可以去看看，我到香港会见胡。从一九三〇年底起，新国民党搞了四五年，湘、贵、川、闽都有组织。萧佛成、邓泽如、林直勉都担负重任，军事上是陈济棠、李宗仁、白崇禧，但他们干政。新国民党任命我为华北党部副书记长，我到北方联络冯玉祥。后来垮，是陈济棠的军长余汉谋投蒋，北方的庞炳勋在冯内部搞，我只好返回广东。在北方，我与韩复榘谈话，在其姨太太楼上，二人对谈，几天后就传出去，说有人运动他反蒋。

（三四）扩大会议，冯（玉祥）的兵力打光，只有征兵方可胜任，但是阎锡山不愿意征；南方的关键在胡汉民。南京的兵也都被派往前方，只留下一个营驻守，胡汉民只要说一句话蒋介石就垮台。你祖父写了信，我到南京，通过卢伯琅见胡汉民，但遭拒绝。我与胡汉民吵了一架。走时握手，我说蒋要干你，到时我再来救你。卢伯琅说没有人这样骂过。

（三五）南京和广东后来继续对立，日本人随时可能打进来，大家非常悲观。后来双方请你祖父出来调和，南方邹鲁，北方叶楚伧，在上海谢家谈判，达成和解协议，胡汉民出洋。

（三六）你祖父他们一定掌不到权，社会要烂，潮流在此，掌权者皆坏人。

（三七）你祖父不拉小圈子，不结党，不树自己，无亲戚故旧做官。一直反对我接近政治，说（政治）太龌龊，我太直，到成都就不给信。他要我在教育界，搞科学。我从他学到气节，不乱来，学到立身处世。

（三八）我并非因为祖父反蒋而反蒋，是我看不惯，蒋不正派，用黄金荣一套搞国家。一次在南京我游玄武湖归来，路上突然戒严，原来是蒋介石通过。我以为哪有民主！黄浦军校最初找卢锡卿，不是蒋。

（三九）一九二八年我从成都到上海，刘文辉送我二千元旅费，他写信与你祖父联系，甚至用『孩子不好，父母应鞭打』字眼。祖父后来回信不提联系事，他坚持原则，一点不让，回刘文辉的信，改一个字眼都不许。我去上海带信，主要是为了倒刘湘。我到上海后你祖父还在考虑，熊克武听说就召开会议，这是政客作风。

（四〇）从德国回来后，我本来在北大教书，胡适、钱芬和我三个是一级教授，我在日本、美国、德国学习有机化学十几年，得到博士归来，正好北大一个德国人辞职归国，蔡先生就要我去。不久，张澜当成都大学校长，要我去，（我）就回四川故乡任教。你祖父说，张澜虽然是进步党，立宪派，但是私德好，不乱来。所以学生闹学潮要驱逐他，我帮忙平息。一九五〇年我到北京教书，到达第三天，张澜就找上门来了。哪像吴玉章，带信要我去他家，我不理。

（四一）日记有关CP的大部分已经被毁掉，『文革』中惧祸。

（四二）你们祖父的秘书李筱亭是同盟会老会员，和吴玉章（关系）密切。你祖父发现他是中共党员，只好请他走了。他后来在外面撰文说，你祖父讨小老婆，买房子。你祖父写信，问他小老婆姓名，买的房子在何处，他回信请（求）原谅，说是工作需要。不过二十世纪五十年代，在成都担任要职的他出面保护（你祖父的）国葬坟墓。

又，一九八五年曹四勿（任远）先生回忆：

（一）在提出弹劾案以后，先生就病倒了。有一天，廖仲恺到颐养园来探望谢先生病，正好林直勉也在场。林当场质问廖仲恺：『你身为国民党老党人，怎么会容忍共产党在国民党内横行，并且反助纣为虐呢？』廖仲恺答：『我只听孙先生的令而行，孙先生要我反，我就反。』

（二）当刚刚搬出颐养园去见孙先生之际，先生带我同往，刚谈起『容共』问题，孙中山先生一下就变色说：『你们再反对，我就把国民党让给你们，我带上小宋去外蒙古再干。』谢先生也严肃说：『不是我们反，是人家要夺权。』并且举出了北京的大学生，如陈铭德等人专程来广州所反映的情况。孙中山先生坚定地说：『夺权不行。』

（三）孙中山先生身边的北方人很少，而北方组织国民军事已经火急。谢先生权衡左右，只有张溥泉最为恰当，但是孙先生专门打招呼不得任命张，于是谢先生矫命而任之。那之前，谢先生曾代理国民党总理，主持总理办公处，管理孙中山先生的印鉴。后来孙中山先生北上到沪，谢先生请罪认错，我在场。但孙中山先生说『你干得好』，可见孙中山先生与谢先生之间彼此信任之深。

（四）大概孙中山先生临终前预感到谢先生会挨整，专门要当时的秘书长汪兆铭向报界解释，谢先生没有违反党纪。

（五）在阎锡山举兵反蒋以前，他们有所顾虑，以为会被戴上军人乱政的帽子。他们找到在北平的覃振，正好邹海滨从日本归来达到北平，一致同意联合反蒋。但是他们的资历稍微差一点，他们就到上海邀请谢先生参加。汪精卫参加扩大会议，是阎锡山的主意。扩大会议举行以前，把软禁中的冯玉祥放出来，是谢先生直接向阎锡山提出的。

（六）民国二十三至二十四（一九三四至一九三五）年，中日之间随时可能爆发大战。但是国内因为胡汉民被扣事件，南京和广州之间两个政权的对立仍然存在。谢先生虽然已经瘫痪卧床多年，不得不给两边写信，期望联合。双方都不便拒绝，于是南京派叶楚伧，广东派邹鲁，在谢家谈判，初步达成取消西南政务委员会的协议。民国二十四（一九三五）年，召开五全大，为团结抗战打下基础。

（七）西安事变后，要联合共产党抗日，蒋介石于是要谢先生在一个什么文件上签字。由戴季陶几次前来交涉（但没有)结果，由蒋介石本人到谢家，但是谢家不得留男人。蒋介石来时，谢家只由三女照料。事后三女说，蒋介石的眼睛好可怕。谢先生说，蒋介石就是眼睛长得好，遇事敢坚持。

(八)谢先生去世后，国民党高层讨论国葬事，虽然多数通过，但是何应钦反对，说战争期间，不宜给文人以殊荣。蒋介石说，谢先生当总统府秘书长，在中枢帮助孙中山先生，有大功。后来蒋介石题字『功垂党国』。

陈铭德访问录：

(一)一九二三年至一九二四年，谢先生奉孙先生(之)命北上，发展学生入国民党，王昆仑、傅汝林、邹德高，我，好几十人。后来为了对抗中共在党内的控制，组织中社，是决策中心，外围是民治主义同志会，负责是王昆仑、陈乃秋。

(二)由陈铭德在法政学堂发展多人，在学校成立组织，办《民生周刊》宣传三民主义。孙先生在北京病重，我们组织慰问。在中央公园开数次追悼会，通过决议，改名为中山公园。

(三)谢先生在国会仗义执言，态度严正，不搜索。他为人好，刚正不阿，爱人才若命。

(四)谢先生介绍我们好些北京学生参加国民党，包括王昆仑。他(谢先生)重视王，(王)还当过他(谢先生)的秘书。现在他(王)说是廖仲恺介绍，不晓得是怎么回事。

家庭记事：

(一)『八一三』上海要打仗，是孙元良奉命来电，要我们赶紧走。我们从学校放学回家，祖父和家中其他人都上了船，到了南京，听说上海打起来了。

（二）临时要撤退，没有钱，由大老子（大姑妈）去到傅汝霖的银行借了两千元上路。只有祖父、祖母买头等舱，其他都坐三等舱。

（三）抗战爆发回到重庆，先住临江门，搬到上清寺的范绍尊住宅，再租熊庄，在徐可亭公馆对面。次年搬家到成都邓锡侯的厚生农场，祖父在那里去世。

（四）五老子（五姑妈）到德国留学，与邓锡侯之子邓华民同学五年，邓锡侯提亲，祖父不愿意与军阀联姻。一九三五年归国后，邓之子住在谢家，等待同意亲事，祖父仍然不同意，邓华民只好返川。后来祖父最好的友人朱三公与祖父说，邓锡侯已经改好，祖父同意了，但不知道为什么没成。

（五）我（谢念先）在小学的要好同学是章乃器的女儿，有一天，我去到章家玩，回家告诉了祖父，祖父叫我不要去这些人家。

（六）一九三九年祖父最后的生日，居正夫妇来。祖父刚去世的早上，朱三公、熊克武、黄季陆来，朱三公边流泪边把一颗从西藏带回来的舍利子放在祖父口中。后出殡那天早上，戴季陶来。戴季陶信佛，在上海时，祖父长期半身不遂，戴曾经亲自用鸡血写《金刚经》一部送给祖父，说是避邪。

（七）谢持先生去世后，因为都知道谢家穷，好些中央的要人都送一千元。举行国葬，中央拨款五千元，抚恤家属五千元。所以花三千八百元买了明代的檀香木棺材，它原是一个军长为其母亲预备的。『文革』中坟被破毁以后，据说被作为猪圈的板子。

（八）祖父国葬典礼前，蒋介石曾经题字『功垂党国』，据闻蒋介石极少这样褒扬评价去世的国民党元老。但是所有重要人物的石刻都还来不及镶在四周壁上，就因为巨变而遗失。国葬墓园祭堂的正中悬挂的是同盟会时就是祖父好友徐可亭先生写的『今之完人』匾额，匾中小字记述他在祖父去世的当夜，曾梦见祖父被一群人请走，他惊醒叫『不好』，晨即闻噩耗。

（九）祖父的随从老魏，在二十世纪六十年代初的灾荒饥饿中，在上海已经病重。大哥（谢体先）去看望他，他说『你们谢家的日子不应当这样惨，因为谢先生对毛先生和刘先生都不错，一九二四年春，谢先生要我几次送钱给他们，解决他们的生活需要。』

（一〇）谢二叔（谢肇祖）曾经说，鲁迅与我祖父有交往，关系不错。